RICARDO RAMOS FILHO

TODA POEIRA DA CALÇADA

SÃO PAULO, 2025

PATUÁ EDITORA

Morte, vela, sentinela sou do corpo
Desse meu irmão que já se vai
Revejo nessa hora tudo que ocorreu
Memória não morrerá

Fernando Brant

Lembrando Rogério Ramos, com saudade.

TODA POEIRA DA CALÇADA É VIDA

Um dos grandes desafios da literatura é ela não se propor a ser tão categórica, porque dessa maneira ela enviesaria a vida mais que o necessário, ou simplesmente a transformaria numa grande verdade irrevogável. E já não haveria mais sentido na disputa entre "palhaço versus mendigo. Mendigo versus palhaço". Todos nós seriamos ou simplesmente o mendigo ou inegavelmente o palhaço, sem ninguém para nos ajudar. E é justamente da materialidade das diferenças que Ricardo Ramos Filho extrai a força de seu romance de estreia. Nesse caso, o quadro abandonado que abre o enredo encontra em outras mãos o sentido contrário ao do abandono.

Em *Toda poeira da calçada* há uma das marcas ou signos mais revolucionários das artes que foi a invenção do jogo ou da intersecção entre o claro e o escuro, simbolizando o dentro e o fora. A figura metafísica e metafórica da calçada é que nos mostra a evidência dessa intersecção. São, grosso modo, as calçadas que ressignificam quem nós somos ou seremos.

Narrado em primeira pessoa, *Toda poeira da calçada* põe-nos, de imediato, em contato não apenas visual, mas sentimental, com três mundos: o da casa, o das amplitudes geográficas que estão fora dela e o do imaginário. Tudo isso ampliado pelos gestos e pelos afetos, embora em alguns momentos também pelo desconforto que só a vida pode nos ofertar, dentro daquela máxima do *Grande Sertão: veredas* em que "viver é perigoso", mas é necessário, porque são as vidas o que importa. E nestas vidas parece que nada escapa aos olhos do narrador. A música, a idade, a cidade, as calçadas, as histórias nos livros, as manchetes, os transeuntes, entendendo que "o segredo é poder ser visto". Por isso, T*oda poeira da calçada* é tão visual.

Ricardo Ramos Filho elabora em Toda poeira da calçada um depurado olhar sobre a vida e o mundo. Redesenha um enigmático jogo simbólico entre as presenças e ausências, seja de uma pintura jogada no lixo ou dessa passagem tão forte de seu romance:

> *vejo alguma coisa semovente na calçada, longe, indistinta. Chegando perto distingo: uma pomba. Bate as asas em movimentos regulares, roda em torno de si, termina ali na minha frente seus dias sem o menor pudor. Não parece incomodar-se comigo, morre por já não se lembrar de querer viver. Paro e fico vendo. Voyeur. A morte é sempre um tipo de excitação. Meio bicho-lixo ela continua se apagando. Gira mais um pouco empoeirada, feinha. Pisca um olho, treme-se toda, desiste.*

É como se nada fosse capaz de escapar aos olhos do narrador. Não à toa, ao longo de toda a narrativa, o cotidiano é delineado a partir dos encontros inesperados, evocando, às vezes, sensações conflitivas que fazem parte da vida. São as nuances da vida que interessam ao narrador. Os objetos e os corpos com suas fragilidades. Às custas disso, esse romance é, antes de tudo, mais de perguntas do que de respostas, porque sua matéria é também aquilo que o próprio Ricardo Ramos Filho considera como a busca pela *mesma dignidade da natureza morta*.

Um dos enigmas de Toda poeira da calçada está presente numa pintura ou no que a arte pode causar em nossa vida. Principalmente no poder da arte contra as barbáries. Contra as injustiças e os modos de violências perpetuados no Brasil. Contra as forças políticas extremistas que emergiram com força total nos últimos anos, por quase todas as Américas. Ricardo Ramos Filho, com uma linguagem avassaladora, constrói uma narrativa de cumplicidade, reconfigurando os sentidos da vida e da arte.

Por isso, o romance *Toda poeira da calçada* é tão forte e necessário. Para que possamos pensar a partir de nós mesmos outras possibilidades afetivas contra as barbáries, pois, *neste momento difícil, quando o mundo tornou-se um lugar tão feio, a beleza [...] traz esperança.*

Airton Souza é escritor, doutor em Ciências da Comunicação pela Universidade Federal do Pará (UFPA) e professor da educação básica. Autor de *Outono de carne estranha* (Record, 2023), que venceu o Prêmio Sesc de Literatura e foi finalista do Prêmio Oceanos 2024 e Prêmio São Paulo de Literatura 2024.

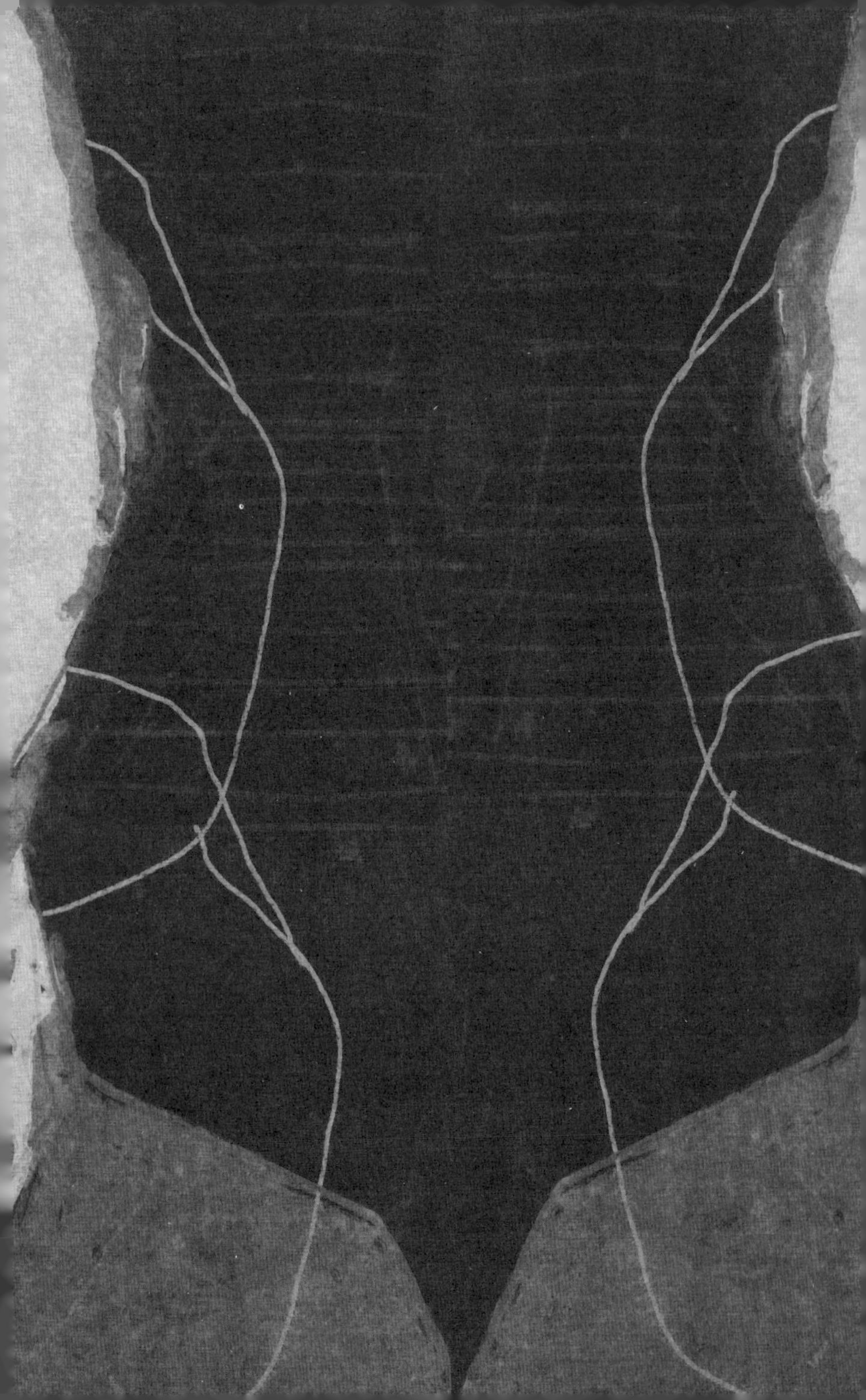

Mas, para que contar ao senhor, no tinte, o mais que se mereceu? Basta o vulto ligeiro de tudo.

João Guimarães Rosa

Tomemos alguma distância. Chamemos de "filosofia", se quisermos, essa forma de pensamento que se interroga, não certamente sobre o que é verdadeiro e sobre o que é falso, sobre o que nos torna possível ou não separar o verdadeiro do falso. Chamemos "filosofia" a forma de pensamento que se interroga sobre o que permite ao sujeito ter acesso à verdade, forma de pensamento que tenta determinar as condições e os limites do acesso do sujeito à verdade.

Michel Foucault

Carrego meus mortos do lado esquerdo... por isso caminho meio de banda.

Carlos Drummond de Andrade

CADERNO UM

o poeta inventa
o que dizer

e que só

ao dizê-lo
vai saber

o que

precisava dizer

Ferreira Gullar

Gosto de caminhar. Por este prazer saio muitas vezes pelas ruas do bairro, esqueço o automóvel na garagem, cumpro a pé as obrigações do cotidiano. Vou ao supermercado, se as compras são pequenas e transportáveis em duas sacolas, à farmácia, papelaria, lotérica. Arrisco uma fezinha quando falta dinheiro ou o sonho de viajar mais se faz presente. Frequentemente passo pelo banco. As ladeiras, Pompeia, o bairro, tem quase montanhas, não me assustam. Andar permite dar à paisagem sua verdadeira natureza. Quase estática. As coisas passam morosas na velocidade dos passos.

Outro dia conversávamos em casa sobre a existência, ou não, de um sapateiro na vizinhança. Lembrei-me daquele do alto de uma pirambeira, saí com dois pares embrulhados debaixo do braço, saltos altos avariados. Linda, minha mulher, regularmente usa-me para pequenos trabalhos. Manhã fresca, maritacas em alvoroço discutindo nos galhos das árvores. É comum, ao dar oportunidade de as horas passarem com mais tempo, conseguirmos ouvir alguns sons. Diferentes. Percursos feitos dirigindo trazem sempre os mesmos ruídos: motor, rangidos de molas, música, notícias.

Subindo, atento à metafísica do caminho e do espaço ao meu redor, noto um quadro junto ao lixo de uma residência. Paro, aproveito para respirar. Fruteira sobre a mesa. Bananas, abacaxi, maçãs. As pessoas gostam de pendurar nas paredes paisagens mortas.

Aquela, pelo visto, tinha destino certo. Ser enterrada, esquecida. Olhando bem não merecia. Possuía discreta vida nas cores, o autor sabia desenhar. A moldura, apesar de um pouco grande para as dimensões da tela e antiga nas curvas dos ouros, cumpria perfeitamente o seu papel. Dava ao todo dignidade. E embora seja difícil encontrar amor-próprio nas porcarias que aguardam a coleta do caminhão da prefeitura nas calçadas, aquele quadro, ali encostado na parede suja e rabiscada, mantinha a compostura. Conhecia perfeitamente o seu papel e, íntegro, não sucumbia à sentença inglória, injustiça cometida por gostos fatalmente duvidosos. Talvez tivesse sido substituído pelo retrato de algum artista da moda. Isto, ao invés de abatê-lo, dava-lhe forças. Não se resignava. Ali, condenado ao esquecimento, mostrava autoestima suficiente para me fazer parar no meio da rua e apreciá-lo. Não é para isso exatamente que servem os quadros, para nos submeterem à observação?

Súbito, como tão comumente acontece quando preciso avaliar obras de arte, fico inseguro. Não fui alfabetizado para saber listar, por exemplo, os atributos de um Van Gogh. Gosto, acho bonito, só. Fosse um texto e seria mais fácil. Passei a vida sendo treinado para saber, por exemplo, nos mínimos detalhes, a razão de Machado de Assis ser tão bom. Não é magia que faz do Bruxo do Cosme Velho um de nossos maiores autores, embora seja quase um feiticeiro quando escreve. Lembro-me de um Picasso encontrado por acaso em um depósito e avaliado em milhões de euros. Alguém tinha deixado escapar. E se o mesmo, ali naquele momento, estivesse acontecendo comigo?

A buzina do Honda freando atrás da Meriva arranca-me violentamente dos meus devaneios. Difícil nos livrarmos totalmente de carros nas cidades. Submetido novamente ao vil da realidade, posso sentir o sol queimando-me o pescoço na região logo abaixo da nunca. Ficar ali parado, tanto tempo, olhando para baixo e avaliando a descartada imagem, expunha-me inconvenientemente aos indiscretos raios uhv. Endireito o corpo, buscando ereção que a idade torna cada vez mais penosa. Precisava decidir: levo a obra abandonada comigo ou não?

Resolvo buscar a mesma dignidade daquela natureza morta. Retomo o caminho rumo ao sapateiro, continuo a subida, deixo a pequena pintura no chão. Na encardida loja pago pouco pelo reparo, o passeio sai barato.

Em casa está frio. Cedo, o calor das ruas ainda não aqueceu a sala e os quartos. Passo pela cozinha em busca de café. A garrafa-térmica ainda está cheia. Abro o jornal e tomo um gole. Forte. Sinto o amargor me arrepiar. As notícias não prendem minha atenção. Lá em cima os passos de Linda. Os gatos miam no quintal querendo entrar. Levanto-me, abro a porta, enfrento o olhar pidão de Miau. Ele sabe que não gosto dele, também não gosta de mim, mas consegue disfarçar. Falam do caráter desses bichos. Miau não tem. Olha medroso, sem tirar os olhos dos meus, quando enxerga uma brecha entra correndo e sobe a escada atrás de minha mulher. Sim, tenho ciúmes do bichano. Fazer o quê? Beca é diferente. Passa indiferente, esbarrando em minha perna.

Gato é meio mangá, traz a expressão nos olhos, quase não se repara em beiço ou nariz. Gente é diferente, somos caras e bocas. Quando Beca me observa, parece enxergar além. Deixa o quintal, ganha o chão branco da cozinha, entra na sala a conquistar cada passo dado balançando o pesado rabo felino. E se para na minha frente como quem não quer nada, feinha, a cara manchada multicolorida, pelos assanhados em desalinho impõem sua presença de não me toques. Ela vê, imagino, dimensões. Sabe mais, suponho. Perscruta, senhora, ambientes. Poderosa. Faz pouco, ignora o desconforto provocado ao invadir meu sossego, um olho de cada cor. Verdade, com Beca saio do sério. Aperto os lábios quando a vejo.

Não foi sempre assim. O primeiro gato, bem mais leve e faz tempo, calçava botas. Veio entre outras histórias em um livro com letras graúdas, ilustrações bonitas. Gostei do bicho influente, ardiloso, capaz de conseguir a mão da princesa para seu dono, um inventado Marquês de Carabás. Depois, mais tarde, conheci o gato Félix. Preto, mudo, gentil, dado a se meter em confusões, dono de uma bolsa mágica. E vieram outros. A genial turma do Manda-Chuva.

Fascínio por gatos de rua juntos feito gangue. O chefe e seus liderados: Bacana, Espeto, Batatinha, Gênio e Chuchu. Eles viviam para complicar a vida do Guarda Belo. Tempos duros, época sombria. Apesar de você haveria outro dia. Ausência de fardas, quem sabe... Guarda Tolo.

E então Beca se esconde no vão sob a escada. Distraído, lendo, não percebo imediatamente. Ela sabe a impressão que me provoca assim camuflada, esquiva, fingindo receios não verdadeiros. Põe a cabeça para fora e mia chamando atenção. Nossos olhares se cruzam, não sustento o dela. Volto ao jornal, perturbado, custo a retomar o prazer do texto. Ao me encarar, repete olhares perdidos, passados. O pai, quando se zangava. Desapontamento nos lábios ressecados pelo cigarro. Avó, a mãe. Repreensões distantes vislumbradas. Beca se encolhe, recua, volta para a caverna improvisada. Anda para trás lentamente, a retina lampejando. Leva consigo, vitoriosa, o triunfo de minha confusão. Traz as piores lembranças remotas apenas para me torturar. Como consegue?

Gatos. Garfield. Nós dois lasanhas. Dieta, tédio, aversão às segundas-feiras. Parecido demais comigo. Eu também incorreto. Tom, que já foi Jasper, e Jerry, um dia Jinx. O desenho onde o caos e a destruição dominam. Estupidez cinzenta personificada em felino. E o gato rival, Butch. Menino torcendo contra o mais forte. Engenho, esperteza, armadilhas e truques tingindo o desenho de crueldade. Já quis o rato vencedor, embora tão rato. Jerry. Ou Frajola e Piu-Piu, Silvestre e Tweety lusitanos. O gato preto com nariz de palhaço falava cuspindo. *Santa estupidez* era o bordão.

Beca. A gatinha me tem. Lá de cima da estante, última prateleira, espremida entre coleções, novamente me chama. Levanto o queixo e dou com dois pontos fixos observadores. Agarram-me, fisgam-me, parecem desejar limpar-me as ideias, ou incutir-me outras. Lembranças. Beca tem ciúme dos meus pensamentos. E como prefere me ver angustiado, talvez por vingança, ou por me ver assim quieto e absorto, longe dela, sozinho em meu canto, insiste em me ter por inteiro. Beca, negligenciada, sibila e me fustiga com os olhos. Uma dupla de raios inquisidores fura a resistência derradeira. Sou dela.

E assim desprotegido, camundongo entre patas e unhas afiadas, tento me esquivar. Corro pela sala feito doido, guincho. Pequeno, procuro um buraco na parede. Em vão. Beca egípcia, faradisa agiganta-se e consegue rugir. Enche a casa de sons ameaçadores, espalha ratoeiras pelo assoalho. Sou novelo e ela se embaraça em meus fios. Brinca. Franze o nariz, ronrona, parece rir de mim. E se me escondo na gaiola, passarinho, prende as minhas asas e me solta em seguida. Para me ver voar em desespero, no céu sem nuvens da casa. Quando me encontra chorando, chega bem perto, até posso sentir-lhe a respiração. Hálito de sardinha. E mia seu miado de bruxa. Minha boca diminuída, partícula de absoluto medo. Apenas vestígio. E ela faz caretas do alto da vassoura, os olhos grandes de gata. Enormes. Mangá. Mangata.

Jogo o jornal de lado. O quadro deve estar lá na calçada. Resolvo ir buscá-lo e após a decisão tenho medo. E se não encontrar? Preciso correr. Aviso Linda na escada, jogando a voz para cima.

— Vou sair e já volto!

— Táaaaaaaaaaaa!

Ela ainda está no quarto. Miau também responde miando. Filho da puta!

Agora já não tenho tempo para observar o caminho. Não há metafísica capaz de suportar a agonia da pressa. Os pássaros sumiram, árvores comuns, o seco de sempre. A casinha continua no mesmo lugar, encostado na parede meu quadro resiste. Lentamente, olhando para os lados furtivamente como se houvesse necessidade de me esconder, pouso a mão na moldura. Está empoeirada e o contato com o áspero sujo me incomoda. Deixa manchas acinzentadas escuras na ponta dos meus dedos. Tento, em vão, fazer sumir limpando na calça. Depois lavo, penso. Ainda disfarçando minhas intenções, arrasto a obra de arte comigo para a beira da calçada. Fico ali parado um pouco, apoiado na tela, fingindo observar alguma coisa do outro lado da rua. Não tomei posse totalmente do quadro neste instante. Caso alguém reclame, declare ser o dono daquela porcaria, sempre posso dizer que estou apenas curioso, observando o trabalho do artista. Ou, quem sabe, arrisque um achado não é roubado, tentando me defender. Andando e interrompendo a caminhada em intervalos mais ou menos curtos chego até a esquina. Paro mais um pouco. E decido. Saio ligeiro, definitivamente proprietário. Ando ereto, sem olhar para os lados, meio larápio, ladrão, excitado. Medo de quê? Experiência nova. Nunca peguei nada no lixo.

Deixo a obra, não sei se de arte, em um canto da lavanderia. Depois pretendo voltar, limpar, ver direito aquilo. Agora já não há pressa. Posso voltar à minha rotina de aposentado, sem susto, nenhum caminhão da prefeitura levará embora meu achado. Recupero minha poltrona e a vida não caminhou muito. Beca continua na estante. Lá em cima seus olhos diferentes me observando. Linda finalmente desce, Miau na frente, grudado nela, não tem coragem de se aproximar muito de mim. Parece até que já lhe fiz alguma violência. Como se meu ódio por ele pudesse tirar pedaço. Mas não deixa de me olhar e miar, provocativo.

Linda me beija, pergunta se dormi bem, sai para a cozinha, fala em fome, precisa comer.

E como sou dono do tempo, embora não tenha muito o que fazer com ele, fico ali mais um pouco conjecturando. Preguiçoso. Duas pessoas dormem juntas, uma do lado da outra, e não são capazes de saber se a outra dormiu bem. Dormir é perder a noção das coisas.

Levanto-me, vou fazer companhia para minha mulher. Algum tempo de janela me ensinou que deve ser assim. Desaconselhável buscar muito isolamento, viver como se não precisássemos um do outro. Faz parte do bom convívio procurar estar presente, interagir. Assim, embora nem sempre tenha muita vontade de falar, pois prefiro ser mudo, poder mergulhar em minhas próprias besteiras e prestar atenção nelas, cumpro a obrigação de conviver com minha parceira. Marido, aprendi. Sento-me com ela. Linda colocou uma banana para assar no micro-ondas e o cheiro gostoso adocica o ar da copa. No fogão a água do chá ferve. Resolvo passar um café novo. Será o terceiro do dia. As palavras correm mansas, o carinho costumeiro tão nosso presente.

— Bom poder dormir uma noite inteira — ela comenta.

— Fico feliz. Preocupo-me com sua insônia. Deve ser horrível passar a noite feito zumbi, indo de um canto para o outro sem conseguir conciliar o sono.

— Você, como sempre, dormiu imediatamente.

Pega uma xícara grande. Pão e requeijão.

— O corretor ligou. Diz que há um apartamento que é a nossa cara – informa-me.

Rio tentando imaginar uma cara de apartamento. Não consigo. Linda está mesmo pronta a se mudar. A casa ficou enorme sem os meninos.

— Você realmente está decidida?

— Já não conversamos sobre isso?

— Sim. Várias vezes.

— Então... — Linda, esperando que eu diga alguma coisa.

— Então o quê?

— Precisamos simplificar nossa vida. Será mais prático viver em um canto menor.

— Sei disso. É só minha velha implicância com mudanças. Você marcou alguma coisa? — Decido colaborar.

— Sim. Vamos nos encontrar com ele depois do almoço, mais tarde. Você pode?

— Eu sempre posso.

— Coitado! — Linda exclama, sabendo que me coloco na posição de vítima quando me refiro ao tempo que me sobra.

A gente começa vivendo em um lugar pequeno. Depois a família cresce, o dinheiro fica mais fácil, podemos ganhar mais paredes. Filhos, gatos, muitos quartos. A sociedade evoluiu, exigiu um número maior de banheiros. Já existiram em uma casinha no fundo do terreno, migraram para dentro de casa. No começo as residências tinham apenas um. Quando eu era menino, na casa dos meus pais, era assim. Negociava-se o tempo gasto neles. Papai trabalhava, a primazia era dele. Podia usar primeiro. Levantava-se, fazia a barba com a porta entreaberta. O cigarro no cinzeiro, chuveiro aberto para esquentar o ambiente. Não era feio gastar água. Mistura de fumaças: cigarro e vapor. Eu ficava espiando por uma fresta. Encantado. O aparelho deslizando pelo rosto e levando junto a espuma. Ruído áspero dos pelos sendo raspados. Um dia eu também faria a barba, sonhava. Sonho mais besta. Depois vieram as suítes. E as casas passaram a ter várias. Hoje há um sanitário para cada vivente nos domicílios. Talvez pelo fato de as sociedades terem ficado mais individualistas. Não gostamos de dividir nada, nem mesmo a privada. Ou por comermos mais, o tempo todo. O uso da toalete tornou-se urgente.

— Mais chá?

— Sim. Posso mandar mensagem ao corretor avisando que iremos? — Linda insiste.

— Sim.

E ficamos ali mais um pouco. Eu observando a beleza plácida de minha mulher. A fisionomia séria, nariz bem desenhado, os cabelos soltos encaracolados e negros. Linda de fato. A manhã se arrastando lenta. Meu tempo moroso de aposentado com poucos afazeres, algumas aulas na faculdade, consultor esporádico na área de RH. Minha dificuldade em ampliar a rotina com coisas produtivas e ganhos extras. Não há muito espaço no mundo para quem tem mais de sessenta.

Miau mia olhando para mim. Não chega muito perto, covarde. Gostaria, sei, que lhe fizesse um gesto de aproximação. Permitisse alguma intimidade. Não faço. Sempre foi assim, sempre será. Meu gostar é difícil.

Linda sobe para tomar banho, logo irá sair para o trabalho, atender seus pacientes. Ficarei só. Eu e os gatos.

Antes de ir para o quintal lidar com o meu quadro achado, decido sair com o carro. Preciso passar no shopping, buscar uma calça que mandei apertar. Alameda de serviços. Hoje em dia tudo precisa ter um nome pomposo. Enfrentar o trânsito da cidade nunca é boa perspectiva. Dúvida. Vou mesmo? Decido. Melhor ir. Se for agora, ainda cedo, talvez consiga voltar logo para casa. Saio.

*

Paro em um farol na Avenida Faria Lima. Aumento o volume do som do carro. Desejo ouvir bem alto *Crocodile Rock*. Elton John martela as teclas do piano e eu me agito todo segurando o volante. Música boa de dançar. Movimento o corpo, balanço a cabeça, por breve instante já não estou mais ali. Volto ao tempo de quando era rapaz, talvez por estar relativamente alegre. Não há felicidade maior do que a de ser moço. E fico ali balançando, jogando os longos cabelos de antigamente para todos os lados até reparar na jovem do veículo ao lado me observando, rindo. Encabulo. Contenho-me. Retomo o ar circunspecto de tiozinho. Olho para frente. Verde. Acelero, cruzo a Rebouças. Guitarras, *rock*, sim. Recupero a discussão recente com os sobrinhos, cartas, truco na casa alugada de frente para o mar. Preconceituoso! Sou mesmo. Não posso aceitar o gosto por música sertaneja. Principalmente se quem a defende é sangue do meu sangue.

Vermelho. Na banca de jornal consigo ler a manchete. Fala de um teste nuclear realizado pela Coreia do Norte. Bomba de hidrogênio. Susto. A minha geração tem pavor de bombas atômicas. Elas eram o estado islâmico do tempo da lua na televisão. Quando Neil Armstrong deu seu passeio em solo selênico a gente achava que o mundo acabaria em um enorme cogumelo radioativo. Alguém apertaria um botão e *ciao ciao bambino*. Hoje sabemos que o perigo maior está encapuzado, derruba prédios e aviões, explode pessoas, invade boates, corta pescoços, atropela. A morte chega sem aviso e recruta jovens desesperançados. Até porque esperança anda em falta.

Verde. Preciso me lembrar de que estou de bem com a vida. Cuidadosamente bronzeado, afinal estive na praia. O máximo que o protetor fator sessenta permite. A gente morre de medo, aprende a viver sem camada de ozônio, sabe fugir do câncer de pele. Sigo olhando o velocímetro para não ultrapassar cinquenta por hora. Única proteção contra radares muitos e multas. Morosamente a paisagem anda pelas calçadas da minha cidade. Barba crescida de dez dias, o rosto coça. Talvez vá a um otorrino, trouxe o mar nos ouvidos. Estaciono fácil. Centro de compras de elite. Eles andam lentamente exibindo-se.

Erguem cabeças, olham mais de cima. Aqui e ali, em restaurantes menos resguardados, sentam-se espigados, visíveis. O segredo é poder ser visto. Como os bonecos de cera do museu Madame Tussaud parecem reais. Em dois sentidos: verdadeiros e nobres. Não são. Permanecem quietos, vaidosos, antecipando gastos felizes. Conversam pouco, dão ordens. Erguem sobrancelhas, empinam o nariz. Vestem roupas caras, passeiam cachorros exigentes, comem pouco, exalam perfume francês. Pego a calça, mais uma importante obrigação cumprida.

E então, de relance, saindo do Shopping Iguatemi, vejo a moça andando. Minissaia branca bem curtinha tipo bailarina. Alta, loira, cabelo em franja. Duas pernas mecânicas reluzentes provavelmente de titânio, um braço cotó. Altiva, resoluta, ostenta seu corpo mutilado sem maiores traumas, equilibrada. A cena, não sei por que, me remete a um filme de Fellini. Vejo seu caminhar como um cortejo. Circo. E o meu olhar desacostumado se contém, engole todos os incômodos, esquece a dúvida quanto a conveniência de alguém mostrar-se assim tão por completo. Não seriam mais adequadas calças compridas? Não. A felicidade é mesmo um troço muito relativo.

Parado no trânsito olho e-mails no celular. A vida tornou-se impaciente, já não há como postergar o momento de sabermos se precisam de nós, e eu precisava que precisassem. Há sempre o sobressalto de mensagem na fila. Ela pode estar aguardando ser respondida e o mundo depende do quão rapidamente damos conta de tal necessidade. Ou, talvez gostemos de pensar assim, sejamos mesmo imprescindíveis, devemos mostrar a quem nos escreveu eficiência, disponibilidade, profissionalismo. E ser profissional significa estar conectado o tempo todo. Andar como se houvesse um fio imaginário no rabo, nos plugando em todas as redes possíveis. O ideal seria fotografarmos cada momento para podermos postar imagens de nossa atual posição geográfica. Estamos aqui fazendo isso, comendo amendoim para distrair. No que você está pensando?

Ninguém escreveu, constato entre aliviado e frustrado. Esqueceram de mim novamente.

E como os carros andam morosamente em seu esforço coletivo de emporcalhar o ar disponível, acinzentando e entristecendo tudo em volta, sinto a garganta arranhar. Pego a garrafinha de água, dou um gole. Hábito recente. Agora sabemos ser urgente a hidratação. Ali, observando de longe o farol alternar verdes e vermelhos tão rapidamente que mal dá vazão a quatro automóveis de cada vez, sinto necessidade de fumar um cigarro. Precisaria me acalmar. Logo eu, não fumante desde o século passado. Perdemos a capacidade de estar sentados sem fazer nada e isso é irritante demais. Já não se vive contemplativamente, o ócio nos angustia. Deixo o equipamento eletrônico de lado, tento observar o entorno.

Lá na frente batalha curiosa. Um mendigo tradicional, dos que apenas estendem a mão e pedem ajuda, arrastando perna manca e fina a ponto de parecer poder quebrar-se em um estalo e o palhaço malabarista. A cada interrupção no fluxo dos veículos saem em busca de moedas, travam estranha competição. O primeiro, literalmente arrastando-se entre os vãos dos carros, exibe mau humor e ávido tenta ganhar do concorrente. Mostra o membro doente e inútil que mal lhe apoia o corpo. Quer deixar claro que o aleijão o põe fora de combate, é o motivo por estar naquela situação. O segundo gasta parte do tempo em pequeno show antes de sair para a coleta. Faz manobras incríveis com um chapeuzinho coco pequeno rubro. Ele escorrega por braços em mangas coloridas, rola entre mãos ágeis, acaba sempre em sua cabeça. Quando isso acontece, o artista ri para a plateia simpático e, competente, sacode os ombros cheio de graça. Repete algumas vezes a manobra, curva-se agradecendo aplausos imaginários como se estivesse em um palco, sai para pegar o reconhecimento de seu trabalho.

Ignoro o aleijão, reservo os trocados para o palhaço.

Afasto aquela visão incômoda e recupero o aparelho abandonado no banco ao lado. Agora há mensagem. Abro feliz, ansioso em saber do que se trata. "Oi amigo!". O meu amigo se esqueceu da vírgula depois do vocativo. Sem perceber qualificou o oi, transformou-o em amigo, é um oi amigo. Vislumbro um futuro de estranhos adjetivos. Desisto de ler o resto, por pouco não jogo o celular pela janela.

Agora estou ainda mais irritado com a imobilidade. Sem ter o que fazer, o gargalo do farol endoidecendo o povo em volta, retorno à nossa pequena disputa. Palhaço versus mendigo. Mendigo versus palhaço. Por que escolhi ajudar o último? A questão ocupa espaço, se avoluma dentro de mim. Cada vez que o rapaz passa por perto arrastando a perna escangalhada me sinto envergonhado. Vergonha semelhante à sentida agora, quando opto por escolher a palavra pouco respeitosa "escangalhada". Somos todos óbvios demais. Premiei quem me fez rir. O mendigo e sua figura feia me agrediram. Entre a alegria e a tristeza preferi o mais fácil. A imagem escura da meritocracia surge no espelho retrovisor. Classificamos os vencedores assim. Nossa sociedade tão afeita a êxitos. Exatamente. Sempre de maneira enviesada. Meninos arremessando limões nos cruzamentos, derrubando bolinhas verdes o tempo todo, tentando sobreviver. Meninos e suas camisas rotas nas tardes de frio. Magros, pequenos, descalços. Joelhos ralados. Outro dia um suportou o outro nos ombros. Limões lá no alto, motoristas olhando para cima. Garotos sujos e famintos.

Verde para mim. Vermelho para o mundo. Acelero.

*

Em casa decido cuidar do quadro. Linda já saiu. Pego uma esponja, pano limpo, detergente. Não tenho certeza se o material é adequado. Acostumei-me a pensar em limpeza assim. Por via das dúvidas vou ao computador. Talvez lá encontre orientação mais profissional. Curioso. Algumas dicas me surpreendem. Nada de esponja e detergente. Troco o pano limpo por uma flanela. Busco na cozinha uma batata e corto ao meio. Sim, uma batata! Dois processos distintos. Limpeza da moldura e da tela. Tirar a poeira da tela com a flanela é o primeiro passo. Procuro entre o material de pintura de Linda um pincel. É bom para alcançar as reentrâncias mais escondidas. Executo a tarefa cuidadosamente tirando a sujeira da frente e da parte traseira. Volto à cozinha para buscar azeite. No quintal os dois gatos me observam lado a lado. A curiosidade deles não tem limites. Parecem se divertir com a minha falta de jeito. Interesse assim tão humano é incômodo demais e os enxoto com um gesto brusco, juntando rapidamente as palmas das mãos e produzindo um estalo forte. Beca afasta-se confiante sem tirar os olhos de mim, soberana e sentindo prazer em me desafiar. Miau sai correndo, derrapando, filho da puta! Uma gotinha de azeite na flanela e a moldura ganha brilho. A madeira já não parece tão ressecada. Agora vamos à tela. Dobro novamente a flanela expondo uma parte ainda limpa. Passo delicadamente sobre a tinta, com muito cuidado para não ofender o trabalho do artista. Será mesmo um artista? Está empoeirado demais. Rapidamente o amarelo do pano fica negro. Não tem jeito. É necessário usar a batata. Segurando pela casca passo a parte aberta na tela. Vagarosamente, sem muita pressão. Vou raspando o negro que se junta sobre o amarelo úmido da batata e repetindo a operação. Até que o tubérculo não suja mais, a tela está limpa. Observo meu trabalho com certo orgulho. Obra de arte. O trabalho realizado, não o quadro. Quer dizer... agora sei menos ainda. A madeira da fruteira parece querer saltar para fora do quadro. Perspectiva? As bananas, o abacaxi e as maçãs, mais vivos, aguçam meu apetite. Hora do almoço. Deixo o quadro em um canto arejado. Saio.

*

Na padaria atrapalho-me na hora de me sentar. Esbarro sem querer na cadeira de trás. Apoio o prato, volto-me, peço desculpas sorrindo. Recebo um olhar rude de volta. A moça, muito séria, exibe um gesto impaciente. Faz pouco de meu embaraço, mostra que não gostou do tranco sem o menor pudor. Tento me afastar do incidente, mudar a direção das ideias. A comida em minha frente, porém, parece perder o sabor. Queimo por dentro. Almoço em silêncio mastigando sozinho as ideias. Ajeita-se em minha frente um senhor grisalho também desacompanhado. Coloca a bandeja sobre a mesa. Aperta os olhos franzindo o cenho e põe as mãos na testa. Talvez esteja mal, cansado, alguma coisa doendo. Engano-me. Fica um tempo naquela posição. Os lábios movendo-se vagarosamente emitem pequenos e suaves estalos, delicados muxoxos. Termina a prece com um sinal da cruz distraído. Suspira profundamente livrando-se de boa quantidade de ar, e talvez de todo o mal. Abre espaço para atacar o prato, subitamente interessado no feijão, talheres em punho. Abaixo a cabeça, olho desconfiado para a escarola refogada, carne assada ao molho, arroz integral, batatas coradas. Falta pimenta.

Duas jovens em uniforme escolar conversam ao lado. Aproveito. Ouvir conversas é a melhor parte dos meus dias vazios. Entre a enxurrada de "tipos", tão comum entre a garotada, é "tipo isso para cá" e "tipo isso para lá" o tempo todo, pesco um "adoro". Adoro! Tenho reparado em como as pessoas adoram hoje em dia. Adora-se de tudo. Qualquer pedido de opinião é seguido dessa declaração exagerada. Adoram pessoas, comidas, bichos, esportes, viagens, ninguém gosta pouco. Olham-se no espelho pela manhã e começam adorando a si próprios. Vão para a rua respirar fumaça e pensar na vida parados no trânsito e adoram os amigos com quem conversam no celular, dedos transformados em voz. Adoram digitar. Adoram a primavera e as flores amarelas dos ipês, o canto dos passarinhos, adoram rabada no almoço. Adoram o cigarro depois do café, o trabalho, os colegas, todas as músicas do

Ipod nunca desligado. Adoram sábados, domingos, as noites de sexta. Acabam adorando cada dia da semana. E o outono, o frio do inverno, as praias do verão. Adoram viver. Mesmo sem saber o que é.

Um casal de idosos aproxima-se e escolhe mesa próxima. O senhor ajuda a companheira a sentar-se. Pega um prato, dirige-se ao bufê. Solitária, quieta, olhar fosco, desinteressada do entorno, ela apoia a mão esquerda de forma peculiar sobre a toalha. Parece querer equilibrar-se, como se tudo ao redor pudesse mover-se a qualquer instante. Praticamente agarra-se ao tampo de madeira, em um gesto tenso e pouco confortável. O homem, cabelos brancos bem aparados, retorna. Coloca, encurvado, o alimento em frente à senhora. Novamente retira-se para servir a si próprio. Volta logo. Então ela pega com a mão direita, sem descuidar-se da outra, sempre rigidamente apoiada, um bonito pastel. Come vagarosamente, empertigada, sem demonstrar prazer. Quando termina fica imóvel, esperando. O velho interrompe a própria refeição, corta o bife em pedaços pequenos, abastece o garfo e leva até a boca da mulher. Discretamente observo aquele penoso ritual. Há carinho entre os dois. Em dado momento percebo um quase sorriso acendendo os olhos opacos. Perco o apetite. Levanto-me e afasto-me dali. Apavorado.

No caixa um jovem se aproxima de mim. Magrinho, moreno, óculos de lentes grossas. Estende o braço, aperta-me a mão.

— Boa tarde!

— Boa tarde — retribuo o cumprimento.

— Já vi que não está me reconhecendo.

— Não sou bom fisionomista.

— Vou dar um tempo, tenho certeza de que vai se lembrar.

Enquanto pago a conta ele se posta ao meu lado, olha-me sorrindo. Impaciento-me, não quero saber quem é, irrita-me tal proximidade.

— E aí, lembrou?

— Desculpe-me, a memória anda fraca.

— Faça um esforço.

— Socorro! — Tento brincar, rindo meu melhor riso amarelo.

Ele me olha bem de perto com seu olhar de coruja.

— Dê uma dica — insisto aflito.

— De jeito nenhum, força!

— Estou ficando velho, ando meio esquecido.

— Vamos, eu sou...

Preferia não ter o pavio tão curto. Muitas vezes me arrependo depois.

— Você é um chato que tirou o dia para me encher o saco!

Amarro a cara, guardo meu troco, vou embora.

Voltando a pé para casa vejo alguma coisa semovente na calçada, longe, indistinta. Chegando perto distingo: uma pomba. Bate as asas em movimentos regulares, roda em torno de si, termina ali na minha frente seus dias sem o menor pudor. Não parece incomodar-se comigo, morre por já não se lembrar de querer viver. Paro e fico vendo. *Voyeur.* A morte é sempre um tipo de excitação. Meio bicho-lixo ela continua se apagando. Gira mais um pouco empoeirada, feinha. Pisca um olho, treme-se toda, desiste.

*

Calor incivilizado. Sentado sem camisa em frente ao computador tento escrever. O ventilador rosna sem parar. Hélices girando em desespero. Inúteis. Vento morno. Bafo. Sono. Entorpecer dos sentidos. Lá fora a luminosidade cega. Aqui, mesa de trabalho, o texto empaca. As palavras perdem o foco. Reclamam. Fogem da trama e abandonam a história. Só querem falar do tempo. Talvez voltem mais tarde, se estiver mais fresco.

Recebo mensagem de Linda. Está chegando para irmos ver o apartamento. Seria bom se esperasse lá fora.

O corretor está aguardando na entrada do prédio. Avisa que vamos entrar. Diacho! Há ainda gente morando no apartamento a ser visitado. Desagradável ver intimidades expostas. A dona mostra cômodos, vende seu peixe, desculpa-se pela desordem. Permaneço constrangido enquanto Linda faz perguntas, indaga sobre a idade do apartamento, não percebo direito a importância da informação. Quer saber também sobre a posição do sol, se ilumina a sala pela manhã. Agora, à tarde, o ambiente está escuro, triste, a televisão desligada ocupa espaço demais. Um odor de vida diferente da minha ocupa os espaços, invade meus sentidos. Casas habitadas possuem cheiros e nem sempre eles nos são confortáveis. Agora, sem conseguir identificar direito o significado do sabor a invadir minhas narinas, sinto o estômago um tanto agredido, confuso, talvez precisasse distinguir melhor aquela estranha fragrância para prosseguir com mais tranquilidade. Mas ninguém ali se importa com as exigências do meu nariz. Linda comenta sobre a necessidade de as paredes serem pintadas e fico ainda mais embaraçado. Seguindo o cortejo aperto-me no banheiro. Minha mulher quer discutir o tamanho do box. Sobre a pia uma escova de dentes chama a atenção. Descuidada, as cerdas espalhadas e velhas manchadas de azul. Um resto de bochecho recente escorreu áspero e não chegou a descer totalmente pelo ralo. Indiscreta pelota anil transparente grudada na parede branca enegrecida da louça testemunha a apressada escovação antes dos visitantes entrarem. Já usei aquela marca de pasta. Desisti, o azul era persistente demais. Ali estava a prova. Não me imagino nu sob aquele chuveiro, esgueiro-me para fora daquele aperto, esbarro com a perna no vaso sanitário.

Na área de serviço, minúscula, a máquina de lavar treme toda batendo a roupa. Parece enfezada, faz barulho, bufa. A proprietária, mais uma vez justificando-se, fala sobre as urgências do serviço caseiro. Linda quer saber o que eu acho e eu me sinto incapaz de achar alguma coisa na presença de tantas pessoas me olhando. O corretor, a moradora daquele local horrível, tanta gente...

No final, lá fora, consigo posicionar-me. Gosto de lugares amplos e claros. As paredes precisam ser brancas, o piso de madeira. E não visitarei mais apartamentos habitados. Quero ter a impressão, mesmo sendo falsa, de que serei o primeiro morador daquele espaço. Jamais escovaria os dentes naquela pia.

*

Deixo Linda em casa. A caminho da terapia penso a respeito do que vou falar. É sempre assim. Tenho medo dos brancos que surgem quando estou lá. Lívia, a terapeuta, é paciente. Aguarda que encontre o fio da meada, recupere o curso dos meus sentimentos. Mas são momentos difíceis. Por isso, geralmente, de forma precavida, traço um roteiro mais ou menos determinante dos assuntos a serem abordados. Na hora, muitas vezes, acabo enveredando por outros terrenos, mas fico mais tranquilo com uma pauta mais ou menos bem elaborada de agonias a serem discutidas.

Resolvo parar o carro na zona azul para economizar o estacionamento. Encosto na alameda Itu, em frente ao colégio onde estudei, compro pelo aplicativo do celular duas horas de permissão para encostar ali. Embora eu seja sempre muito crítico com essas novidades eletrônicas, acho bem mais cômodo do que preencher a antiga papeleta. Vejo do outro lado da calçada um pipoqueiro com o seu carrinho. A figura não me é estranha. Atravesso e pergunto se ele trabalha ali faz muito tempo. Responde que há exatos cinquenta e cinco anos. A informação para mim é extraordinária.

Já quis fazer muita coisa na vida. Comecei querendo ser médico. Talvez o velhíssimo seriado Dr. Kildare, com o Richard Chamberlain, tenha influenciado o menino, sempre adorei seriados. Felizmente nunca fui muito estudioso, não consegui passar no vestibular difícil. Teria sido péssima escolha. Não gosto de hospitais, a dor e a doença dos outros me assustam. Publicitário, professor de História, matemático, especialista em TI, escritor. Caso tivesse sido jornalista talvez fosse mais feliz. O pipoqueiro da minha infância, ali parado no tempo há cinquenta e cinco anos, daria ótima reportagem. Teria muitas perguntas a fazer. Como é ter que fazer pipoca todo dia, lidar com clientes que se tornaram adultos e depois velhos, estar sempre ao ar livre no sol e na chuva, empurrar um carrinho diariamente? Ou talvez as questões fossem óbvias demais. O que me assusta de fato é a questão do tempo. De certa maneira o Baiano, ele sempre foi chamado assim, chegou de sua terra, estacionou em uma rua paulistana ainda na década de sessenta e lá ficou engaiolado em seu carrinho de pipoca. É como se a vida, assim sem maiores explicações, resolvesse no caso dele andar em um ritmo diferente. Surpreende-me pensar que se eu pedir uma pipoca agora, e eu já não gosto de pipoca, estarei comendo a mesma que comi quando tinha oito anos. Ou não? Será que a pipoca, o Baiano, o carrinho, tudo mudou junto comigo? Mas o Baiano está ali olhando para mim, o mesmo olhar vesgo, apenas um pouco mais gordo e a pele mais enrugada. Conta que tem setenta e cinco anos e nunca consultou um médico. Esbanja saúde. Atribui a excelente disposição física ao exercício diário. Empurra o carrinho, anda, está sempre em pé. Aparentemente orgulha-se de sua escolha e da profissão. Pipoqueiro há cinquenta e cinco anos. Olho para ele e penso em mudar o assunto da sessão à qual me dirijo. Trataremos de simplicidade. Se eu fosse mais simples, se conseguisse exigir menos da vida, complicasse menos os minutos que tenho disponíveis, com certeza seria mais feliz. Mas se é coisa que não sou é simples.

Chego adiantado. Gosto de esperar a porta do corredor abrir e ver os pacientes de Lívia saírem depois da sessão. A salinha de espera é minúscula, passagem para a saída, não há como evitar o encontro. Um sentimento de prazer sádico me acompanha, há certa expectativa cruel na iminência do contato. Como se o embaraço e a surpresa de encontrarem um semelhante ali, e a maneira com que reagem a tal encontro indesejado, pudessem me alimentar. Venho tratando também essa crueldade intrínseca. Prefeririam, penso, passar despercebidos, deve ser duro reconhecer certas necessidades mais íntimas ante um desconhecido. No meu caso, como talvez por defeito de fabricação não me sinto exposto, divirto-me com os comportamentos observados. Os louquinhos dela reagem de forma diferente à minha presença. Uns sorriem amarelo e me cumprimentam rapidamente, outros, olhos baixos, preferem fingir que não me percebem e, envergonhados, desvencilham-se rapidamente da terapeuta, despedindo-se e escapando para o acesso ao elevador. Não há camaradagem, cumplicidade, nada. Ninguém é colega de terapia.

Lívia me recebe com o carinho de sempre. Sento-me na poltrona em frente a ela. E como me sinto triste, e tenho certeza de não haver razão para tristeza, comento sobre como as alegrias provocadas por notícias boas recebidas são efêmeras. As nuvens negras, pelo contrário, chegam querendo criar raízes. Parecem desejar se instalar, encorpam-se, ficam feito pedra no sapato incomodando. Séculos. A gente passa mais tempo infeliz do que de bem com a vida. Lívia me informa que Freud percebeu tal dinâmica do comportamento humano muito bem. E escreveu sobre isso. Quer saber se li a respeito. Não li. Psicologia para mim dura apena o prazo de minhas necessidades. É alguma coisa muito prática, que necessita de voz, interlocução, basicamente pago para garantir cinquenta minutos de ouvidos. Inexiste no cotidiano alguém com disposição para nos escutar por tanto tempo. E eu sou do tipo que precisa falar em algumas circunstâncias. Não sou leitor de psicologia.

Freud explicou que as alegrias são como a urina. A terra rapidamente absorve, o xixi some e seca sem deixar vestígios. As tristezas seriam fezes. Ficam ali muito tempo, presentes, sólidas, difíceis de serem escondidas.

— Horrível!

Lívia me pergunta a razão do comentário.

Explico que o Dr. Freud, um gênio, reconheço, poderia ter encontrado metáfora menos escatológica, mais elegante.

Falo do quadro.

Lívia me ouve atenta descrever os detalhes da pintura. Depois de um certo tempo em que eu, sempre minucioso, prendo-me às cores presentes no trabalho, impacienta-se. Ou pelo menos me parece perder o jeito calmo de ouvir. Aptidão de terapeuta. Eles treinam para ficarem calados e passarem a impressão de interessar-se por nossos relatos. Em meio à narrativa começo a ouvir minhas próprias palavras e elas me parecem aborrecidas, monótonas, envergonho-me. Calo. Lívia aproveita a pausa. Talvez estivesse já há algum tempo esperando a deixa:

— Por que você acha tão importante esclarecer sobre a pintura?

— Não sei — respondo. Pareceu-me importante revelar pormenores.

Lívia permanece calada depois de me ouvir. O temido abismo acontece. Tal silêncio é o meu terror. Imediatamente, ansioso, procuro preencher o espaço ocupado pela mudez.

— Então... — preparo-me para prosseguir.

— Vamos ficar um pouco serenos — sugere a analista.

— Estou sereno — irrito-me.

— Procure ouvir um pouco o seu coração — aconselha Lívia.

Calo-me emputecido. A vontade é dizer-lhe verdades. Apontar-lhe o fato de meu músculo cardíaco ser muito pouco barulhento, incapaz de fazer alguma algazarra. Quieto, ouço o insistente ventilador de teto girando, girando, provocando-me sono. E como sei, depois de tantos anos, ser Lívia calorenta, pergunto se ele não podia ser desligado um pouco. Alego estar com frio. Ela suspira, permite, pega o controle remoto enquanto saboreio minha pequena vingança.

— E o quadro? — Ela insiste.

Fico um tempo pensando. Qual seria a razão verdadeira de ter levado aquele objeto abandonado para casa? Talvez exista de fato a expectativa de fazer uma grande descoberta. Algum idiota mal-informado poderia, sem saber, ter jogado fora a desconhecida, pelo menos para ele, preciosidade. Ter encontrado abandonada aquela natureza morta seria certamente capricho da sorte. Logo eu, tão esquecido por ela, tantas vezes, quase um azarado.

E por ter a reflexão se transformado em palavra, quase sem me dar conta, ouço a pergunta vinda de longe:

— Qual a razão de você se considerar assim tão desaventurado?

Terapia é mesmo assim. Muitas vezes assemelha-se a um interrogatório. Tenho a impressão de estar no pau-de-arara. Paga-se para ser torturado. A vantagem é a possibilidade de sermos naturais. E ser natural para mim é dar vazão à agressividade, ser grosseiro sem impedimentos, vergonha, remorso.

— Se a fortuna fosse minha companheira, não haveria necessidade de estar aqui.

Na saída Lívia me beija, prolonga-se no abraço, sabe de minha dificuldade com aproximações físicas e me retém. Internamente deve apreciar meu embaraço.

Na rua caminho cabisbaixo. Não sei se foi bom. A gente tenta melhorar, entender as coisas de nosso mundo interno, gasta tempo e paciência, e termina em dúvida. Sempre. A impressão maior, contudo, é de haver um pequeno saldo positivo. E são tais migalhas de bem a razão maior do esforço, da persistência, de nos mantermos vigilantes e dispostos a procurar interlocução especializada. Ano após ano insistimos nesse diálogo. E se percebemos avanços, um pedacinho de felicidade que seja, ficamos sem saber direito se foi sucesso. Poderia ser. Ou não. Tendo a acreditar ser melhor falarmos a respeito de nossas coisas com alguém. Profissional. Distante. Não presente no cotidiano. Por isso aguento Lívia. Suporto-me com ela.

*

Em casa sinto a sensação de ter vivido um dia muito longo. A noite chega e fico meio lento. Desejo ficar quieto, parado na frente da televisão. Mas Linda quer conversar. Pega o controle remoto, tira o som:

— O que você achou dos apartamentos vistos?

— Não achei. — brinco.

— Você nunca acha — responde, um pouco irritada.

— Gostou de algum? — pergunto.

— Você tem razão, — acaba concordando — nada aproveitável.

— Vamos ter paciência e procurar até encontrar, — colaboro — há de existir algum com a nossa cara.

*

Vou para o quintal em direção ao quadro. Quero apreciar o objeto depois de limpo. Do lado direito, abaixo na tela, está a assinatura. Acho incrível que ainda não tenha me dado ao trabalho de identificar a autoria da pintura. Deveria ter sido a minha primeira providência já que a ideia é avaliar o trabalho realizado. Minha obsessão por limpeza fez com que invertesse as prioridades. Tento decifrar o que diz aquela garatuja. Difícil. O nome começa certamente com a letra "L". Lembro-me da lupa que tenho na gaveta da escrivaninha. Subo para pegar. Passo por

Linda que deseja saber o que estou fazendo. Conto. Ela me deseja sorte. No fundo diverte-se com meus expedientes.

Aumentar a assinatura torna mais fácil identificar o artista. No caso a pintora. Ludmila, certamente Ludmila. Kar... Karpov. Bem provável ser Karpov. Ludmila Karpov, 1974. Tento encontrar no computador quem é. Muito fácil. Ninguém mais é capaz de passar desapercebido em nosso mundo. Todas as informações ao alcance de um clique, o *mouse* trazendo tudo sobre a pessoa.

Meu pai teve um amigo que era crítico de arte. Conhecido. Escrevia para jornal, fazia sucesso, era sempre muito lido. Se algum artista plástico fosse por ele citado, acabava vendendo mais, passava a ser bem considerado e ter destaque no cenário das telas e galerias. Certa vez minha irmã caçula pintou um quadro para ele. Gentil e boa gente, mandou por moldura e pendurou na parede da sala. Quem o visitava parava na frente da obra com ares de conhecedor. Queriam saber quem era Marina Ferro. Ele explicava que era uma ótima pintora primitiva que iria fazer muito sucesso. Estivesse o Jacob vivo e ligaria para ele. Se a Ludmila Karpov valesse alguma coisa o homenzinho das pinturas saberia. Mas, sem nenhum conhecido aproveitável, pesquisei no computador. Ludmila Karpov tinha um site. Idosa, oitenta e poucos anos, aparentemente ainda viva. Uma das abas mostrou-me diversos trabalhos da artista. Muitas naturezas mortas, o mesmo jogo com as cores, interessante poder avaliar assim diversas telas lado a lado. Nada relativamente aos valores, fiquei sem saber quanto custava cada um dos quadros. Impossível comparar com o meu. Assustei-me com Beca parada na porta do escritório me observando. Os olhos em tom de pergunta. Como se fosse capaz de entender minha curiosidade sobre a artista. Ela própria submissa à dela. Anotei o endereço eletrônico e deixei para continuar a investigação no dia seguinte.

*

Na sala Linda continua em frente à televisão. Ao seu lado Miau deitado, dormindo, roncando em cima do sofá. Sim, o nosso gato ronca e o faz alto, de maneira ritmada, impossível não rir ao ouvi-lo.

— O que você está assistindo?

— Aquela série de ficção científica que você não quis ver.

Não gosto de ficção científica. Pelo menos em filmes. Existem, porém, exceções. Alguns contos de Ray Bradbury como, por exemplo, *A sound of thunder* fazem a minha cabeça. Prefiro o gênero por escrito. Só. Reproduzir tecnologia futura em imagens para mim parece falso. A ideia colocada na história pelo autor das *Crônicas marcianas*, aquela de voltar no tempo e caçar animais pré-históricos me pareceu deliciosa ao ler. Para não me exibir radical demais gosto de *2001 – A space odyssay*, do Stanley Kubrick. Só. Sinto-me estúpido demais com ficção científica. Conforme elaboram o roteiro e complicam a trama, vou ficando cada vez mais perdido, a ponto de terminar completamente por fora do que está acontecendo. Principalmente quando começam a avançar e recuar no tempo. Nada é mais capaz de me jogar fora da narrativa do que o recurso do *flash back*. Acabo sem distinguir hoje de amanhã, dia de noite, torno-me um bobo buscando sentidos. Mas Linda é fã da categoria e aproveita quando não estamos juntos.

Aviso que vou me deitar, ler um pouco, estou com sono. A leitura é e sempre será minha fonte maior de prazer. Carrego o hábito de ler antes de dormir desde a infância. Estou agarrado com um romance. Um grande monólogo interior e pouca história. Contudo, o fluxo de consciência exibido é interessante, preenche a narrativa de tal maneira que prende, passamos a fazer parte do cotidiano do protagonista, nos pegamos assistindo confortáveis o decorrer dos acontecimentos. Embora sinta falta da tensão que um enredo mais inventivo pudesse trazer, aquela coisa de ter expectativa com relação à solução de um problema, consigo compartilhar os sentimentos refletidos pela personagem principal de forma tão sincera e próxima. O autor cria uma intimidade tal, que é como se saber de que maneira a realidade é enfrentada por aquele jovem cheio de problemas fosse a única coisa importante naquelas páginas. E assim, presos pelos acontecimentos lentos, difíceis, muitas vezes traumáticos e trágicos, vamos seguindo o desenrolar da vida exposta. O trajeto do rapaz em direção ao nada.

Cochilo. Tomo consciência da entrada de Linda no quarto. Resmungo que estou acordado, a luz pode ser acesa sem incômodo. Quando o corpo quentinho de minha mulher se aconchega ao meu, sinto um tipo de felicidade repetida cotidianamente. A proximidade, porém, não dura muito. Logo o calor nos afasta, sinto a necessidade de colocar os pés para fora das cobertas. É como consigo respirar melhor, com os pés livres.

*

No meio da noite acordo com falatório e risadas no vizinho. Tem acontecido com certa frequência. É o mal do nosso sobrado ser geminado. Ficamos, mais do que gostaríamos, cientes do que se passa na morada ao lado. Gente jovem, alegre, gostam de receber, bebem, terminam alterados, envolvidos em discussões intermináveis. Algum dos presentes, talvez para provocar os demais, declara:

— A Maria da Penha fodeu o nosso país!

A comoção é geral. Em um primeiro momento a gritaria é tamanha que não consigo identificar as palavras.

— Você é um machista filho da puta — comenta uma voz feminina mais exaltada.

— Posso ter a minha opinião? — Pergunta o provocador.

Mexo-me na cama também incomodado com o disparate. Sou dos apreciadores de um bom debate, também gosto de provocar, muitas vezes escolho posições difíceis de serem defendidas apenas para causar barulho. Mas no caso a declaração foi demais. Indefensável! Querer atribuir a uma batalhadora, mulher de fibra, prejuízo à nação, merecia realmente toda a má disposição e os impropérios ditos.

Quieto, ouvindo interessado a balbúrdia, penso em nosso pobre Brasil. Não sei direito qual a intenção do rapaz ao fazer afirmação tão nociva. Mesmo aceitando a disposição de se fazer provocação, considero-me um tipo bastante chegado à ironia e ao sarcasmo, não vejo sentido no posicionamento. Principalmente quando o país caminha tão decididamente em direção à extrema direita. Com o candidato miliciano eleito presidente, tal tipo de afirmação já faz suficiente parte da visão oficial. É necessário, portanto, nos acostumarmos a ficar do lado correto. Respeitar pessoas com histórico de lutas. Maria da Penha é digna de olhar não preconceituoso, deve ficar abrigada de chistes idiotas, frases de efeito para chamar atenção em rodinhas pretensamente intelectuais. Somente alguém misógino ao ponto de desejar agredir mulheres sem nenhum tipo de punição, poderia colocar assim de público tal barbaridade.

Ouvir o alarido exaltado manda meu sono para longe. Mas não sou dos que levantam, vão para a sala, passa o resto da noite em vigília, olhos abertos arregalados insones. Teimoso, insisto em voltar a dormir. Permaneço quieto, procuro não me movimentar sobre o colchão. Neste aspecto até que sou paciente. Aguardo.

*

Acordo cedo e resolvido a perder os quilos que me sobram. Ponho uma bermuda, camiseta, tênis confortável, vou andar no parque aqui perto de casa. Estabeleço, pelo menos na intenção, rotina a ser mantida daqui para frente. Há certa alegria em minha decisão. Sou chegado aos hábitos. Certa vez perguntaram-me como seria o dia perfeito. Respondi ser exatamente igual ao dia anterior. Talvez por não gostar de surpresas. Linda não se conforma em ver a minha correspondência se acumulando na sala. Custo a abrir. Detesto a sensação de não saber o conteúdo dos envelopes. Adio, desconfiado, difícil entender as loucuras de cada um e até mesmo as minhas próprias, o momento de ser perturbado pela novidade. O mundo confiável para mim é estável, conhecido, com tamanho exato, não escapa pelas beiradas. Por isso não gosto de presentes, aniversário. Quando recebo algum, preciso me esforçar para não deixar transparecer o incômodo causado. Desembrulhar o pacote é uma tortura. Lívia, a terapeuta, considera ser um problema ligado à minha absurda necessidade de controle. Como não consigo saber de antemão os conteúdos, inexiste a possibilidade de comando. Fico vulnerável se não posso conhecer antecipadamente minhas próprias reações. Desejo o sossego do conhecido. Evito sobressaltos.

No parque, ouvindo o radinho pelo celular, tento manter o ritmo dos meus passos. O dia está quente, choveu na véspera e as folhas mantém o verde próprio exibido após serem molhadas. É como se uma camada de verniz tivesse sido aplicada na superfície delas. A beleza do lugar lavado e enxaguado, faz bem aos meus sentidos. Após trinta minutos de exercício decido voltar para casa. Sei ser conveniente não exagerar. Necessito recuperar a forma aos poucos.

*

Linda já acordou, prepara-se para ir para o consultório. Tomo um banho para livrar-me do suor e decido buscar Ludmila Karpov, a pintora. Digito o endereço do sítio no computador. Ao escrever a palavra na forma portuguesa, sem submeter-me ao site, sinto-me desconfortável. Não há como ir contra o curso normal do idioma. Acabo me lembrando dos radicalismos de um amigo totalmente avesso ao uso de palavras em inglês. Implica, interrompe, não perde a oportunidade de corrigir quem deixa escapar termos na língua estrangeira dominante. Utiliza-se então de discurso repetido e desagradável, insistindo na riqueza de nosso rico vernáculo.

Desejo descobrir se há algum telefone de contato disponível da artista russa. Passo por páginas de apresentação, biografia, exposições realizadas aqui e no exterior, aparentemente há certo cuidado em mostrar os trabalhos dela. O site é bem-feitinho, busca trazer a autora e suas realizações de maneira completa. Além do correio eletrônico, apenas um endereço em Itaquera. Imediatamente meu preconceito aflora. O local é distante, reduto pobre, a zona leste nunca teve o glamour desejado para quem busca entender se determinado desempenho de morador da região é relevante. Fico frustrado, suponho ter terminado minha pesquisa. A lógica mandaria esquecer a empreitada. Caso Ludmila fosse bem-considerada, e suas obras valessem alguma coisa, viveria nos Jardins, Alto de Pinheiros, bairros nobres da capital paulistana. Contudo, além da teimosia própria dos capricornianos, minha ligação com o quadro já cresceu de maneira tal que desejaria, realmente, conhecer a conterrânea de Tolstói. E como não gosto e nem tenho paciência para me comunicar via e-mails, resolvo fazer uma visita de surpresa à Sra. Karpov. Oportunidade para me distrair, gastar um pouco do tempo disponível. Reservo a tarde, depois do almoço, para minha aventura.

Preciso lidar então com uma grande dificuldade: minha total falta de orientação. Mais um caso em que a inexistência de controle me torna inseguro. Como dificilmente consigo chegar em algum lugar, principalmente quando é novo, sem me perder, cometer erros incríveis na ânsia de alcançar o destino, as decisões, no que tange a ampliar conhecimentos geográficos são sempre problemáticas. Decido ir de metrô.

*

Sempre me surpreendo com o tamanho da cidade de São Paulo. Ao chegar na estação Itaquera, sinto-me como se estivesse em outro recanto, até certo ponto estrangeiro. Não é o mesmo universo do meu pedaço, zona oeste. O local é gigante. Estação de trem da CPTM e ônibus integradas, Shopping Center, gente para todo lado. Tenho em mãos o endereço de Ludmila Karpov. Uma casa na rua Arraial do Bonfim, Vila Carmosina. Decido tomar um taxi na avenida do Contorno. Chego rápido ao meu destino. Sobradinho modesto, pequeno portão de ferro. Toco a campainha. Atende um senhor de uns cinquenta anos, gordo e sanguíneo, sorridente, muito simpático. Cumprimenta-me dizendo chamar-se Vladimir. De forma simples coloca-se à minha disposição. Pergunto por Ludmila. Informa ser sua mãe, está viajando. Ao saber que tenho um quadro dela convida-me para entrar, diz que irá passar um café. Aceito, surpreendendo-me com a decisão. Não é muito do meu feitio ser assim tão aberto a primeiros contatos, tendo a ser comedido, preguiçoso na hora de interagir, mais para o tímido.

A porta da frente abre para pequena sala de estar. Vladimir me oferece acento, avisa que vai até a cozinha e já volta. Some por um corredor estreito, permaneço observando as paredes. Vários quadros de Ludmila lembram o meu. As mesmas naturezas mortas. Fruteiras, pinceladas até certo ponto ingênuas, mas firmes, decididas. Havia, certamente, encantamento por mangas, abacaxis, bananas, cajus. Imagino a surpresa frente aos sabores acentuados, tropicais, para alguém que vem do frio da Eurásia. Vladimir volta com uma bandeja. Nela um bule, duas xícaras, açucareiro e adoçante. Senta-se na poltrona em minha frente depois de apoiar a bandeja em uma mesinha de centro. Madeira escura, estilo antigo.

— Açúcar ou adoçante?

— Três gotinhas — informo.

Sorvo com prazer a bebida forte e quente. Falante, o anfitrião inicia conversação sem grande embaraço.

— Mamãe sempre viaja para Moscou nessa época do ano. Embora já idosa, pouco mais de oitenta anos, tem muita vitalidade e agora, com mais folga no orçamento, não perde a oportunidade de visitar sua terra. Geralmente passa o Natal, final do ano, volta no início de março. Fica sempre na casa de uma prima, a Natacha. Gosta do frio moscovita.

— É preciso coragem — comento —, com a idade fui ficando cada vez mais inimigo das baixas temperaturas. Um dia como o de hoje, ensolarado e quente, é o meu ideal.

Vladimir concorda com um sorriso. Percebe minha curiosidade pelo ambiente. Não consigo desviar o olhar de uma delicada cristaleira. A louça de porcelana guardada é de bom gosto, parece coisa de família. O móvel domina o ambiente não muito amplo, há apenas mais um sofá de três lugares, as duas marquesas em que estamos acomodados, o artefato de apoio centralizado, baixinho, pés em forma de sabre, talvez de imbuia encerada. As quatro paredes forradas de quadros escurecem o local. Mas, ao mesmo tempo, reverenciam a dona da casa, falam sobre ela. O pé direito alto refresca o espaço, deixam-no agradável

— Mas me conte, por favor, como chegou a uma obra de minha mãe?

— Ganhei de presente — minto.

— Ela vai ficar contente quando souber de sua visita. Não é todo artista que desperta a curiosidade do apreciador de seu trabalho.

— Pois é, como sou escritor, respeito muito as manifestações artísticas. Desde que recebi o quadro, quis conhecer a pintora por trás dele. Fui pesquisar, encontrei o site, cheguei ao endereço de vocês, resolvi arriscar uma visita.

— Bom saber que o site está funcionando. Fui eu quem desenvolveu. Trabalho em TI. Fez muito bem em vir até aqui.

— O curioso é que nem é do meu feitio tomar a iniciativa de conhecer pessoas. Sou mais para o retraído, falo pouco, o impulso de vir visitá-los superou algumas barreiras.

— Que bom! Como é mesmo o seu nome? Perdoe-me, não gravei quando se apresentou.

— Rodrigo Ferreira Ferro.

— Bonito nome. Forte.

— Obrigado. Mas acho que já abusei de sua hospitalidade. Preciso voltar para casa, tenho ainda compromissos.

— Não quer mais café?

— Estou satisfeito. Preciso mesmo ir andando.

— Mamãe deve voltar semana que vem, início de março. Venha fazer uma nova visita. Ela vai ficar encantada.

— Venho sim. Prometo.

*

Chego à estação ainda cedo, no meio da tarde. Melhor. A linha vermelha costuma ser mais cheia. Sorte. Entro em um vagão relativamente vazio. Há pouco tempo cortaram um de meus prazeres ao andar de metrô. O maior deles é ter atingido a faixa etária necessária, utilizar a condução gratuitamente. Civilizado apresentarmos o documento próximos à catraca, provarmos sermos maiores de sessenta anos e vermos o funcionário, geralmente muito gentil com os velhinhos, passar o cartão e abrir a geringonça de acesso para podermos seguir viagem. Nem sempre cabelos brancos são um mal. Mas, como ia dizendo, retiraram-me uma das alegrias ao frequentar os vagões do metropolitano. Antes havia músicas nos falantes. De qualidade. Repertório variando entre jazz, bossa nova e clássicos. Às vezes, mais raramente, até um chorinho podia ser escutado. O estilo alegre e sincopado do gênero de repente inundava o ambiente, e a alegria da flauta de Altamiro Carrilho e seu *Urubu Malandro,* tornavam o meu percurso quase um sonho. Em êxtase, sentado no banco apropriado aos idosos, sentindo-me um menino, eu balançava o corpo todo e tentava acompanhar assobiando baixinho aquela felicidade melodiosa. Várias vezes tive a oportunidade de completar minhas jornadas urbanas com aquele carinho sonoro oferecido pela empresa de transportes. Acabou. Divulgaram um comunicado afirmando existirem pesquisas indicativas referentes aos transeuntes afirmando desgostarem de trafegar submetidos ao ruído imposto. O silêncio, triste e vazio, voltou a imperar. Só podiam mesmo ser transeuntes, diabo de nome mais feio!

Essa questão de gosto é mesmo estranha. Como sou um sujeito mais para o irritadiço, dificilmente aceito ser contrariado, passei um tempo olhando feio meus companheiros de viagem. Para mim todos eles eleitores do atual presidente, diferentes ao extremo de mim, incapazes de apreciar as belas artes. Aquela gente tosca havia me privado de um prazer. É sempre importante observar o fato de a velhice nos aproximar das crianças. Viver é parecido com um ciclo. Nascemos, vem a infância, viramos adultos, chega a maturidade e logo estamos novamente usando fraldas. E assim próximos dos bebês, vemos o princípio do prazer voltar a comandar. Não queremos ser privados das poucas alegrias ainda disponíveis. Mas passou. O tempo tudo cura. E, preciso dar o braço a torcer, no caso foi até bom. A falta de um som institucional nos falantes abriu oportunidade para artistas ambulantes se exibirem. E como há pouco espaço para os músicos sobreviverem no país, nada no terreno da cultura é bem-visto e incentivado atualmente, vários instrumentistas e cantores estão conseguindo defender um troquinho se apresentando e depois passando o chapéu para os passageiros. Eu geralmente contribuo.

*

Em casa vou buscar o quadro na área de serviço. Pego a caixa de ferramentas e dela retiro o martelo. Na sala observo as paredes, penso em um lugar para pendurar a obra de Ludmila Karpov. É com prazer que sinto nas mãos a madeira da moldura limpa e lisinha. Por alguma razão percebo ter criado certo afeto pelo ornamento. Há sobre o encosto da minha poltrona de leitura um canto adequado. Imagino a altura, centralizo, bato o prego. O barulho atrai os gatos. Curiosos, os dois vêm ver o que está acontecendo. Beca rapidamente se desinteressa, deve imaginar ser tolice a mania de pendurar coisas. Prefere o branco não poluído, sem máculas. Com seu ar superior e esnobe retira-se da sala depois de olhar-me com desprezo. Miau, ao contrário, permanece no ambiente. Mantém distância segura, gostaria que lhe fizesse um gesto de aproximação. Não faço.

Ludmila Karpov faz agora parte de minha sala. Suas bananas, abacaxi e maçãs, cores discretas, mas fortes, misturam-se com outros quadros de artistas mais famosos e conhecidos. Bom ter um óleo entre as serigrafias adequadas ao meu bolso. Sento-me. Com a câmera do celular vejo-me com a natureza morta acima de minha cabeça. Tiro uma *selfie* e envio para Linda. Rapidamente vem a resposta:

— Não ficou ruim.

Alguns comentários têm o dom de me indispor com quem os faz: "não ficou ruim"; "fulana é bonitinha"; "até que ficou bom". Nunca sei se realmente há neles um julgamento positivo ou se desejam apenas dizer alguma coisa para não permanecerem calados. Antes nada dissessem.

— Não ficou ruim? — pergunto respondendo de volta.

— Sim, dá para o gasto — insiste Linda.

Desisto de discutir. Levanto-me, olho a obra movimentando-me, quero observá-la sob ângulos diferentes. Gosto do que vejo. O quadro limpo reluz. Traz o brilho do trabalho de Ludmila Karpov para o lugar.

*

Acendo a luminária, pego o livro que deixei na mesinha, aproveito a solidão para ler um pouco. Percebo que avancei três páginas sem concentração suficiente. Retorno o marcador para onde estava. Como acontece vez em quando, a vontade de ler poesia aparece. E Pessoa impõe-se. Talvez por estar trabalhando o poeta português com meus alunos da faculdade. Vou até a estante, pego um livro com poemas de Alberto Caeiro, volto a me sentar.

O luar quando bate na relva
Não sei que cousas me lembra...
Lembra-me a voz da criada velha
Contando-me contos de fadas
E de como Nossa Senhora vestida de mendiga

Andava à noite nas estradas
Socorrendo crianças maltratadas...

Se eu já não posso crer que isso é verdade,
Para que bate o luar na relva?

Caeiro consegue muitas vezes emocionar-me. Seu lirismo me faz bem. Não adianta os críticos de Pessoa virem falar de seus posicionamentos políticos, muitas vezes horríveis, gosto dele, do seu texto. E fico encantado com o que provoca em meus alunos.

Embora precise fazer desistirem de enxergar Fernando Pessoa de forma tão pouco científica. Acreditam piamente ser ele uma espécie de médium, capaz de receber os heterônimos como se fossem entidades vivas em outra encarnação. Teria sido o grande português uma espécie de Chico Xavier poeta. Na última aula Tatiana, boa aluna, interessada e cumpridora dos deveres solicitados, perguntou-me se a orientaria em um trabalho de iniciação acadêmica. Gostaria de provar serem Alberto Caeiro, Álvaro de Campos, Ricardo Reis e Bernardo Soares espécies de espíritos do candomblé.

Embora seja simpático ao sincretismo religioso, acredite ser uma das coisas mais bonitas da religiosidade brasileira, aprecie demais tal capacidade de mistura, diversidade para mim é sempre bem-vinda em qualquer área, precisei refrear o entusiasmo da menina. Não foi muito fácil convencê-la a experimentar teses mais literárias e menos espirituais.

Refletindo olhando para o teto, considero mostrar de uma vez por todas Pessoa como um artista muito inteligente e provar ser o projeto heteronímico parte de um plano. Ao invés de ser um e criar sua própria obra, como qualquer escritor comum, ele pretendeu ser muitos. Sendo vários autores ao mesmo tempo, escrevendo livros com características diferentes conforme assumia uma ou outra personalidade, agradando diferentes tipos de leitores, foi capaz de deixar para todos nós uma literatura inteira. Mais do que uma obra, deixou um conjunto de obras literárias escritas por vários autores. Alguns gênios demoram a ser compreendidos. Como leitor, por exemplo, prefiro o texto desesperado e deprimido de Álvaro de Campos, apesar de muitas vezes precisar de Caeiro. Torço muito para ser eficiente, preparando dentro de mim retórica capaz de convencer os jovens que me ouvem.

Relaxado, feliz com o silêncio reinante, deixo o pensamento vagar, fecho os olhos. As recordações contidas no fragmento do *Guardador de rebanhos* arrastam-me para longe. Volto também no tempo. Meu período de rapaz.

Recupero um poema escrito há muito. Quando acabei de escrevê-lo tinha certeza do resultado. Bom! Caprichara nas rimas. Imaginei-me poeta com orgulho. Ia fazer sucesso com as meninas. Faltava agora o mais difícil. Ouvir opiniões. E se não gostassem? Começaria com a mãe, menos dura e fácil de agradar. Ela leria e certamente haveria elogios. Será? Ao diabo com as dúvidas. Era um homem ou não? Enchi-me de coragem.

Observei a leitura ansioso. Não dava para antecipar nada pela expressão. O rosto sereno, testa franzida, leve movimento dos lábios sussurrando o texto. Atenta.

— E aí? — Perguntei imediatamente após a mãe erguer os olhos do papel. Entusiasmo, deu para perceber, não havia — Gostou, insisti?

— Não entendo muito de poesia. Encontro coisas boas, outras menos, fale com seu pai.

— Só?

— Sei lá, filho, é ele quem escreve. Mostre para o seu pai. Que medo bobo!

— Medo! Quem disse?

— Não está?

— Não.

— Então simplesmente mostre. Ele vai gostar de ler.

O pai era diferente. Tinha medo sim. De não o agradar, da opinião que ele certamente daria. Favorável ou não. Era assim. Sério. Deveria, inclusive, aguardar uma brecha. Não poderia ir mostrando sem mais nem menos.

O momento adequado chegou antes do previsto. Domingo. Sala de estar depois do almoço. A família reunida ouvindo música. Entrego o trabalho, meio sem graça. O pai, surpreso, começa ler imediatamente. Quando termina nada fala. Fica um tempo quieto, fumando, talvez procurando palavras. Eu já nem sei o que pensar quando ouço a pergunta vindo de longe:

— O que você já leu de poesia, filho?

— Como assim? — balbucio.

— Cite um poeta de sua preferência.

Sinto o calor tomar-me o rosto. Avermelho, tenho certeza, até a raiz dos cabelos. Nada a mencionar. Nenhum autor conhecido.

— O problema está aí — prossegue o pai. —

Como você quer escrever poesia se não lê poesia? Fazer poema não é apenas colocar uma linha sobre a outra e rimá-las. É muito mais.

— Então não está bom? — pergunto.

— Não. E nem poderia estar. Você gostaria de aprender?

— Sim.

— Venha cá.

O pai levanta-se e leva-me à biblioteca. Mostra toda uma estante dedicada à poesia. Era só escolher.

Eu já gostava de ler. Não foi difícil inaugurar em mim a poesia. Vinícius de Morais, João Cabral de Melo Neto, Manuel Bandeira e Carlos Drummond de Andrade. De Vinícius apaixonei-me pelos sonetos. Preferi Bandeira a todos. Cheguei a decorar as palavras de Pasárgada. Sentia-me amigo do rei. Memorizei tanta coisa... Exibia-me para as colegas. Encontros de sábado à noite. Havia sempre um violão por perto. Música e poesia rolando soltas. Encantado com a *Tabacaria* de Fernando Pessoa e quase tudo o que o poeta português escreveu. Um livrinho dele virou meu companheiro de cabeceira, lia sempre antes de dormir. Com Camões pude entender ainda melhor os sonetos. Já tinha agora alguma base.

A segunda vez em que procurei o velho foi mais fácil. Sentia-me mais seguro.

O ritual foi parecido. Ele, ao ser procurado, levanta-se e me chama. Pega papel e lápis, convida-me a sentar-me à mesa.

— Você sabe o que é um verso? — pergunta.

— Sei. É cada linha de um poema.

— Ótimo. E o que é ritmo?

— Eu sei, mas não consigo explicar — respondo. — É meio intuitivo, não é?

— Sim e não. Num poema, os sons devem se repetir a intervalos regulares, ou a espaços sensíveis quanto à duração e acentuação. E métrica?

— Métrica? Nunca ouvi falar.

— São os elementos necessários à feitura dos versos medidos.

O pai fala e escreve os conceitos.

— Para mantermos o ritmo, devemos escrever os versos com o mesmo número de sílabas. Os versos, quanto ao número de sílabas, têm nomes particulares. A redondilha menor tem cinco, a maior tem sete. Os alexandrinos têm doze. Existem também os decassílabos, ou heroicos, usados por Camões em *Os Lusíadas*. Lembrando, contamos as sílabas de um verso só até a sílaba tônica da última palavra.

Pega livros, mostra versos e pede-me que conte as sílabas. Fala sobre sonetos, de quatorze versos dispostos em dois quartetos e dois tercetos. Que esta forma, a mais cultivada, era o soneto italiano. Igual ao que eu havia escrito. Há também o inglês, composto por três quartetos e um dístico. Dá a aula necessária. Eu nunca a tivera na escola.

Ao final, insisto:

— E o meu poema, pai. Ficou bom?

— Melhor — responde. Trabalhe agora sobre ele, refaça-o com tudo o que ensinei.

Tento me lembrar dos versos. Alguma coisa assim:

Soneto da Vontade Distante

Até onde a vista escuta
Vou viver vivendo a morte
Vou jogar fugindo à sorte
Vou secar a mesa enxuta

Até onde a boca cheira
Disparado vou parando
Então sem ver fico olhando
A beber a carne inteira

E sorrindo aos inimigos
Agredirei meus amigos
Que a razão já não sou eu

E chorando de alegria
Comemoro então o dia
Do vermelho luto meu

No final ele gostou. Eu, contudo, achei muito difícil e trabalhoso. Talvez por isso não escreva hoje poesia. Certamente não sou poeta.

Fico um tempo ali parado, pensando, mergulhado em lembranças. A noite chega, sala às escuras, carros passam na rua de frente e projetam sombras móveis nas paredes, faróis acesos.

*

Escuto ruído de chaves na porta. Linda mexe no interruptor, a luminosidade inunda o ambiente e fere os meus olhos. Custo um pouco a me adaptar. Ela se declara cansada, teve um dia pesado. Muitas vezes os pacientes roubam-lhe a energia, sugam-lhe a disposição, modificam seu jeito normalmente alegre e bem-disposto. Sou muito compreensivo em tais momentos. Não deve ser fácil passar o dia ouvindo lamúrias, escutando gente com problemas emocionais. Levanto-me e acolho meu amor com um abraço apertado e carinhoso. Quando ela faz menção de se afastar prolongo mais um pouco o contato, puxo-a de volta, sinto o perfume de seus cabelos, tento passar-lhe um bocado de bons fluidos. Acabo rindo comigo mesmo. Por agir como se acreditasse nessa história de transmitir para as pessoas vibrações positivas. Cético, totalmente descrente de fenômenos mais esotéricos, jamais, até encontrar e conviver com Linda, acreditei na capacidade de alguém funcionar como espécie de reparador de certos equilíbrios. Agora, embora continue desconfiado, pelo menos aceito como possível tal habilidade. E me pego algumas vezes agindo como se tudo isso fosse cabível no meu caso. Era só o que me faltava, funcionar como difusor de correntes eletromagnéticas estruturantes. Logo eu. Alguém cuja normalidade é tão tênue.

Linda repara no quadro. Fica um tempo parada observando. Movimenta-se, move a cabeça busca ângulos diferentes, aproxima-se e afasta-se.

— Gostei — diz, — para um objeto achado na rua até que tem seu valor.

Sabendo de seu cansaço, desisto de discutir. Deixo para depois minha opinião. Estou me apaixonando pelo objeto. Considero-o bom, independentemente de sua origem. Azar se jogaram fora. Problema de quem o fez.

Miau exulta. Mia, agita-se, seria comovente ver a alegria com que recebe a dona, não fosse eu tão indisposto com ele. Beca, ao contrário, apenas toma conhecimento da chegada. De longe observa, não se expande, permanece indiferente.

Rapidamente estamos na cama, nem ao menos ligamos a televisão. Tenho um pouco de dificuldade quando a rotina noturna pós-expediente se acelera tanto. Fico sempre com a impressão de estarmos abreviando a melhor parte do dia, os momentos a serem passados juntos, de convívio, afinal cada um tem a sua vida. Não gosto de dormir cedo. Mas Linda declara-se acabada, deseja descansar.

Deitado de barriga para cima aguardo o sono chegar. Aos poucos vou relaxando, a respiração mais lenta, presto atenção nos silêncios do quarto. A escuridão é total. Quando estou quase dormindo sinto alguma coisa quente entre minhas pernas. É a mão de Linda me apalpando. A surpresa me excita, logo sou dominado por forte ereção. Procuro a boca de minha companheira. Nossas línguas rapidamente entram em contato, os beijos multiplicam-se. Há certa urgência em nos afundarmos um no outro. Desço aos pés da cama, ajoelho-me insinuando-me entre as cobertas, abocanho os líquidos de minha mulher. Fico ali sorvendo as delícias do contato íntimo, ouvindo os prazeres externados explicitamente, gemidos altos. Lubrificada, minha parceira tem pressa em me sentir. Vem por cima, me ajeita, desliso para dentro dela com enorme delícia. Cadenciamos os movimentos. As madeiras da cama anunciam para quem quiser ouvir, batendo-se sincopadamente e indiscretas, nossa paixão. Os movimentos são firmes, aperto a cintura de Linda afastando-a e aproximando-a repetidas vezes. Ela vem vindo, vem, chega explodindo em gritos de gozo. Uma, duas, algumas vezes, antes que eu me permita chegar também ao clímax. Ficamos então abraçados, ofegantes, usufruindo daquela proximidade tão gostosa, mergulhados em carinho. A cabeça dela em meu peito, mãos dadas. Aos poucos regressamos. Estamos quase dormindo quando resolvemos nos levantar para tomar banho, juntos.

Amanhecemos mais próximos. Há sempre felicidade nas manhãs pós–sexo. Sentimento contrário ao da ressaca. A gente acorda e se olha cúmplice, repassando mentalmente os momentos vividos. Os olhares ao se cruzarem guardam ainda certa sensualidade, como se os momentos vividos, os corpos explorados, ainda estivessem úmidos, exalassem volúpia.

*

Linda sai para o consultório. Subo com a intenção de escrever. Sentado em frente ao computador posto-me meio indeciso, muitas vezes é assim, não tenho a menor ideia do texto. Com o pensamento vagando, lembro-me de meu pai. Talvez por ter recentemente recordado episódio em que teve participação tão decisiva em minha formação. Pensar nele é refletir sobre a morte. Foi muito difícil encará-la quando ele partiu. Das maiores dores sentidas na vida. Mas passou, incrível como passa. Se antes era agonia presente, volta e meia me percebia sofrendo sua ausência, raramente agora mantenho contato com as memórias de um certo tempo. O velho centralizado nelas. Sua presença tornou-se fluida, mesmo confusa. Imagens de meu pai em diversas fases da vida. Jovem, maduro, às vésperas de partir. Não tenho mais um único pai. Diferente, muito diverso de quando morreu, em março de um ano agora distante. Na época lágrimas rolaram de minha cabeça. Compacto rio trazendo as águas que fechavam o verão. Não me sabia capaz de tamanho pranto. Senti meu interior liquefeito escapando por olhos, boca e nariz. Virado pelo avesso. A ausência garantida como promessa. Nunca mais o tato. Com saudade já bastante atenuada, ainda agora, depois de tanto tempo, lembro-me do calor e da textura de sua pele. A mesma de vovó, muito da minha própria, nossas orelhas de lóbulos flácidos iguais. Semelhante destino subterrâneo.

O cemitério, local em que não mais voltei, é um campo gramado. Ruas, quadras e jazigos. Edificações ausentes, apenas lápides rentes ao verde abundante. Quadrados de pedra paralelos com ou sem placa de bronze gravada. Rígido padrão. Nome, data de nascimento e morte. Árvores ocasionais na triste paisagem de flores transportadas. Aclives e declives espraiados. Acesso motorizado até quase o túmulo. Quadra 31, jazigo 27. Ponto final de meu pai.

Ateu, o mais provável seria me afastar da atitude inaugurada na época, costume durante um tempo. Visitas em datas especiais: finados ou aniversários diversos. Ritual visto de longe meio carola, coisa de quem reza. Ato de resistência, porém, rebeldia contra o inevitável. Matéria atraindo matéria. Enquanto soubesse haver mínima parte, muito minha, ali, sob aquele punhado de terra, seguiria comparecendo. Até o último átomo. Vitorioso na razão direta do que perdura: o pó, farelo de osso, infinito.

Quando lá ia ficava por assim dizer vagando. Às vezes parava comovido, quando a música ouvida, não sei de onde, falava mais alto. Em uma das vezes surpreendeu-me o velho do cordão azul e encarnado:

Boa noite senhoras moças.
Boa noite rapaziada.
Boa noite senhoras velhas
das bochechas inchadas.

Num domingo frio e úmido, quando a tristeza era muita, a voz grave de Paul Robeson cantou. Falava de um rio Mississipi quase tão importante quanto o São Francisco. E mudando de paisagem, passava primeiro pela Guanabara, aonde o barquinho ia e vinha, antes de ver plantas queimadas e retorcidas. Mandacarus. Origem de tudo. Nordeste. Ao retirar-me pensava em todas aquelas vidas secas. Era como conseguia imaginar a morte. Meu pai mais vivo, crescido dentro de mim. Íntegro. Quando entrava no carro para ir embora, ligava o som e Elomar gemia por Zefinha. Impossível conter-me. Mecanicamente acionava o limpador de para-brisas. Hoje dificilmente penso nele. E me sinto culpado por a vida ser assim.

*

Ergo-me cansado. Escrever é pesado. Preferiria ser outro tipo de vivente, passar meu tempo menos isolado e submetido às lutas diárias com as palavras. Enfim, há muito desisti de considerar ser tal sina alguma coisa ligada ao livre arbítrio. Não escrevo por gostar, nem busco prazer quando o faço. Nada tem a ver com escolha. Seria mais adequado encarar o ofício como espécie de maldição. Se não obedecemos ao destino reservado, ficamos entupidos, inquietos, parece faltar alguma coisa. Precisamos dar vasão à necessidade de expressar o texto, até porque ele se impõe, rebela-se, não aceita ficar escondido em algum recôndito de nossa consciente inconsciência. E se não vasa, escorre para o teclado nosso de todo dia, deixa-nos quase loucos, abestalhados, o cérebro embotado. Escrever é terrível. E por termos nascido com tal desígnio dentro de nós, esta necessidade vaidosa de burilar frases, registrar histórias, deitar fora crônica, conto, romance, vivemos o horror diário de não conseguirmos congelar no papel, da melhor maneira possível, nossas irrelevantes relevâncias. Há certo mau humor no cotidiano do escritor. Somos prisioneiros de uma vontade que não é nossa, não sabemos de onde vem, nos oprime. Ao mesmo tempo, pode acontecer de ficarmos satisfeitos com um parágrafo. E então tudo muda, o fato de estarmos condenados a fabricar livros deixa de incomodar tanto. Humildemente aceitamos nosso castigo. A alegria provocada por aquelas frases mais bem alinhavadas é tanta que estaremos lá, no dia seguinte, em frente ao computador, solitários, pacientes e mais ou menos felizes, buscando novos tesouros literários. Trabalhando linguagem, semioses, construindo matéria escrita.

*

Desço em busca de café. Enquanto a água ferve resolvo por um disco para tocar. Nunca abandonei o som analógico. Guardo meus vinis como preciosidades, sinto prazer em manuseá-los. Com o líquido abundante e encorpado fumegando na xícara de chá, fecho os olhos sentado em minha poltrona de leitura. Sorvo aroma e emoção ao mesmo tempo. Bebida e música aguçando meus sentidos. O piano de Oscar Peterson parece preencher todos os espaços da casa. A delicadeza de *When Summer Comes* reconcilia-me com o calor insuportável do verão paulista. Há certo frescor, quase brisa se imiscuindo pelos móveis, emanando das notas que passam pelos falantes. E quando aquele verão do músico negro é evocado, um sol maior espalha-se pelo ambiente, escala de luminosidade linda e refrescante. E então o solo de contrabaixo me conduz para distante dali. Percebo a respiração fluindo mais solta, inspiro o ar com alegria, expiro aos poucos, relaxado. A alegria do momento é imensa. Sentimento comum quando tenho a sensibilidade assim submetida ao carinho da beleza. Os gatos dormem em um canto. Eles certamente desejariam ser maiores do que são, sem medo nos olhos ou motivo para chorar. Está escrito na letra da música que o piano não traz, mas a memória busca em algum canto. Eu sempre me lembro dos dizeres antigos. E como os bichanos, gostaria de ser um pouco maior. Apenas um pouco.

O celular toca, assusta-me. Linda do outro lado deseja saber o que estou fazendo. A pergunta me deixa sem jeito. Fico encabulado em declarar-me sentado na sala ouvindo música em pleno dia de semana. Há um carrasco dentro de mim. Cruel, capaz de me impingir os maiores sentimentos de culpa. Nunca tenho sossego para me esquecer momentaneamente dos afazeres, obrigações diárias. Mesmo quando os deveres estão todos endereçados e sob controle, e teoricamente estaria livre para descansar ou usufruir de prazeres mundanos, meu algoz interior não permite lazeres. Para ele, o pior defeito de um ser humano é submeter-se à vadiagem. Mesmo depois de aposentado, e tendo funcionado no mundo corporativo por quase quatro décadas, preciso continuar carregando o sobrepeso do condenado a uma vida de labuta. Do nascimento ao último dia. Nunca, graças à perversa voz que brada impropérios dentro de mim a cada tentativa de pausa, terei direito a um segundo de indolência. Assim, mesmo dizendo a verdade à minha mulher, gaguejo um pouco antes de falar de minha disposição folgazã naquela tarde.

— Estou aqui na vagabundagem, ouvindo jazz — conto meio encabulado.

— Você tem direito — acolhe-me Linda.

Ela me conhece, sabe de minhas dificuldades. Percebe em minha voz a aflição em mostrar-me ocioso.

— Estou passando em casa. Vamos ver um apartamento?

— Sim. Espero você lá fora.

*

O corretor é um sujeito magro, gravata enrugando o colarinho maior do que deveria ser, o todo compondo figura frágil, desejosa de mostrar uma arrumação no vestir impossível. Cores, estilo, tamanho, tudo muito improvável e inadequado. Aguarda-nos na frente do edifício. Tipo evidentemente tímido, deve ser muito difícil para ele relacionar-se com pessoas estranhas. Recebe-nos tropeçando nas palavras, ansioso, oscila entre o querer fazer uma boa venda e livrar-se de nós o mais rapidamente possível. Procuro ser simpático, comovem-me as dificuldades evidentes do moço.

O lugar é bom. Arejado, bem-iluminado, cômodos amplos, pródigo em armários. Linda encanta-se com as dimensões da sala e da cozinha. Agrada-me também o que vejo, considero favoravelmente a hipótese de vivermos ali. O jovem percebe nossa disposição positiva, torna-se um pouco mais desembaraçado e feliz. As conversações sobre valores, no entanto, arrefecem um pouco o nosso entusiasmo, seria um esforço quase insuperável pagarmos o pedido.

Falamos em fazer uma oferta mais adequada ao nosso orçamento. O rapaz nos ouve, opina dizendo achar difícil aceitarem, mas nos incentiva a registrarmos nossa pretensão, afinal de contas o mercado não anda tão aquecido assim.

No caminho de casa a conversa flui fácil. Tem como centro o imóvel visitado, ambos estamos felizes, seria maravilhoso caso pudéssemos mudar para aquele endereço.

— Você viu como o seu escritório seria bacana? — Pergunta Linda, adorando me ver finalmente comprando a ideia de abandonar nossa casa. — Cabem suas estantes, seus livros e até a mesa de trabalho.

Concordo, manifesto minha admiração pelo que acabei de ver, o que torna minha mulher ainda mais falante e bem-disposta.

— Tomara que aceitem a proposta!

À noite refresca um pouco e eu chego a acreditar ser a vida boa. Embora, caso fosse realmente, seria pobre em bons textos. Não consigo deixar de me lembrar de uma fala do escritor Ariano Suassuna. Para ele, quando tudo passa bem as histórias sucumbem. Seria necessário um contexto de misérias para abrilhantar as narrativas. Sem problemas, desastres, desencontros, não haveria como inserir interesse nas fabulações. Quando os heróis viveram felizes para sempre, o conto acabou. E então príncipes e princesas vão gastar o tempo em suas vidinhas medíocres, criar os princepezinhos, administrar seus reinos, nada há mais capaz de comover o leitor. Enquanto a bruxa estava presente, travestida de rainha má, havia tensão, interesse, jogos emocionantes do mal contra o bem. Mesmo a gente cansando de assistir o sofrimento da Bela Adormecida, desproporcional ante sua única vitória final, permanecíamos estimulados e empenhados em conhecer o desfecho previsível. Afinal, o percurso das personagens mais queridas é sempre o mesmo, e a tradição oral nos ensina assim. Agora, embora o mundo moderno nos ofereça oportunidade de termos contato com as tragédias do cotidiano mais rapidamente, no fundo há certa nostalgia do universo maravilhoso. Até por termos deixado de ser crianças. Mesmo ansiando por um final bem-afortunado, sabemos que dificilmente o autor irá nos oferecer a alegria infantil de ver o sofredor em glória na última página. Seria suicídio, soaria falso, devemos nos foder o tempo todo, pois a vida é assim, e a literatura não poderia mostrar diferente. Apesar de Suassuna ter declarado acreditar em Deus, sabia ser inútil rezar.

*

Tento manter a rotina de caminhar diariamente. No parque, manhã agradável, vejo um rapaz com o filho. Tornou-se normal encontrar-me com ele. Magro, mochila nas costas, chega carregando o menino pendurado em um suporte preso no pescoço e nas costas. O garotinho, balançando na frente do pai, é loirinho, deve ter cerca de dois anos. Ficam por ali perambulando. Já imaginei diversas vidas para o duo. Olho-os invariavelmente com certa pena. Evidentemente o adulto obedece àquele hábito diário por necessidade. Embora fiquem visíveis amor e desvelo pelo menor, aparece também, desde que se dedique atenção mais acurada aos pequenos gestos, bem como aos olhos tristes do moço, resignação própria dos condenados. Ele está ali por obrigação. A criatura mais nova se abaixa, observa curiosa algum inseto, o penitente aguarda paciente, antes de retomar os passos curtos, acompanhando o flanar do miúdo, rapidamente desinteressado daquele pequeno besouro. O balanço vai e volta sob o impulso mecânico das mãos alongadas, dedos finos do progenitor, e o garotinho ri. Compensa o mais velho com sua visível alegria. Mais tarde voltarão para uma casa solitária e fria, o almoço será preparado enquanto o órfão de mãe assiste desenho na televisão. O viúvo levará então o guri para a escola e voltará para o seu trabalho de tradutor. Mais tarde contará histórias até que o sono derrube a resistência do pirralho. Retomará então seus textos mais um tempo. *Life was always teasing me*. Até repetir tudo no dia seguinte. Pouco dinheiro, pouca vida, quase nenhuma felicidade.

*

As águas de março começam. O tempo chuvoso me enerva. Tempestades de fim de verão costumam inundar-me por dentro. Molham minha paciência, umedecem a alma.

O celular toca. Excepcionalmente decido atender. Geralmente só o faço quando conheço o número. Evito assim chatos, boa parcela deles. Difícil excluir todos. Do outro lado ouço uma voz com sotaque. Identifica-se como Ludmila. Informa ter chegado de Moscou, agradece minha visita, explica que gostaria de me conhecer. Combino visitá-la no dia seguinte. O quadro sobre a poltrona parece aplaudir a decisão. Finalmente irei conhecer a pintora por trás dele. Decido levá-lo comigo, desejo um autógrafo na tela.

Mas ainda é hoje. Preciso ocupar o tempo com alguma coisa já que não é dia de ir à faculdade. O ideal seria me organizar, há sempre a necessidade de preparar aulas. Vago pela casa sem me decidir. Já acordei, tomei café, saí para caminhar, e agora? Linda saiu para o consultório. Há um romance que se arrasta há tempos me esperando. E eu ainda não publiquei romances. Sento-me em minha cadeira do escritório. O gesto em si não teria significado. Contudo, tem. Com a postura ereta, em frente ao computador, sei ser mais fácil encontrar a inspiração. Logo eu, que não acredito em musas, me utilizando de um recurso tão frágil. Escrever é trabalho. Escreva! Decido-me. Abro na tela o texto encruado. Volto algumas páginas, preciso reler. Gosto do resultado. Até agora, cerca de cinquenta páginas, a narrativa flui bem. Mas falta história. Insisto no fluxo de consciência. Entro e saio de pensamentos vagos, aleatórios, minha personagem se debate em um monólogo interior muitas vezes monótono, sem maiores consequências, perdida em seu mundinho particular e mesquinho. Sem a trama necessária aos bons romances, corro o risco de produzir uma peça vazia, sem tensão, morna. Mas eu ainda não publiquei romances. E a figura de meu tio português, debruçado sobre uma taça de vinho, em um longínquo almoço em família, volta a me atormentar.

— Quando é que decidirás ser escritor de fato?

O sotaque acentuado obrigando-me a estar mais atento ao gajo. A dúvida a respeito de minha compreensão completa ou não. Qual a razão do questionamento? Observo-o curvo, velhinho, os olhos úmidos característicos dos idosos, as mãos trêmulas cheias de veias e manchas senis.

— Mas já publiquei tantos livros, tio...

Os gestos lentos, o menear da cabeça questionando minha fala. A demora em responder, como se estivesse buscando em um *hardware* já ultrapassado o registro capaz de esclarecer perfeitamente seu pensamento. As operações lentas da máquina custando a devolver resultado satisfatório. Os noventa e quatro anos de meu parente trazendo um todo até certo ponto assustador. Não consigo lidar bem com os estragos da velhice, sempre constato.

— Tu escreveste bobagens fáceis para crianças. Ainda não tens um livro adulto, com texto capaz de impactar. Isto só se consegue com romances.

Meus dedos ameaçam tocar as teclas. As ideias me chegam em um turbilhão de possibilidades. Meu tio morto não chegou a saber do estrago que fez no jovem — para ele, escritor. Obrigo-me a buscar o tal texto capaz me deixar impresso no coração dos leitores. Preciso urgentemente escrever um romance. Só assim terei o direito de me considerar escritor.

Produzo um parágrafo porco. Fico um tempo lutando com a vontade de suprimir aquela prosa tosca. Talvez, com suor e lágrimas, consiga dar um jeito naquela pilha de frases vazias. Não. Só um milagre seria capaz de consertar aquele palavrório fofo. Ou não?

Ergo-me, abandono aquele ambiente infeliz e angustiante. Corro para a cozinha em busca de café. Assusto os gatos que percebem a energia ruim espalhando-se pelos cômodos.

Sento-me em minha poltrona em busca de leitura. Para perceber o quanto não sou mesmo escritor. O livro em minhas mãos pesa-me. Por ser bom. Muito bom. Excelente! Jamais serei capaz de alinhavar palavras com tanta maestria. Sorvo o líquido quente negro cheio de inveja.

*

Ludmila vem atender a campainha, recebe-me no portãozinho, falante e cheia de carnes. Lembra-me um pouco minha avó. Gordinha, corada, simpática. Convida-me a entrar, mostra-se contente por receber um admirador de sua arte. Sento-me no mesmo lugar onde já havia estado na primeira visita, feliz por poder repetir o assento. É mais confortável para mim evitar variações, novidades. Há, talvez por ter regressado recentemente de seu país natal, leve sotaque na fala da pintora. O que não a impede de emendar um assunto no outro, mal deixando espaço para outras participações. Estou no melhor dos mundos. Ouço, procuro mostrar-me atento à conversa de minha interlocutora, tento corresponder à exuberante simpatia dela.

— Nunca desejaram me conhecer graças ao meu trabalho. É uma experiência nova e gratificante para mim.

— Fiz questão...

A gente passa a vida inteira entre telas e pincéis, acaba com a impressão de que nos manifestamos artisticamente por uma necessidade muito mais interior do que outra coisa. Quando fico muito tempo sem deitar tinta em superfícies, sinto-me engasgada, como se houvesse alguma coisa dentro de mim que precisasse sair. Então acontece o que está acontecendo e nos damos conta de nossa vaidade. Coisa intrínseca dos artistas. Queremos ser vistos.

Ouço Ludmila procurando não me impacientar com sua fala cheia de lugares comuns. Uma tristeza ver como as pessoas se perdem quando consideram precisar dizer alguma coisa. A nossa artista russa seria bem mais adequada caso deixasse que a enorme quantidade de trabalhos seus espelhados pela casa falassem sozinhos. Se eu tentasse me expressar pintando ou desenhando, talvez obtivesse o mesmo efeito. Assim como pintar não é a minha praia, falar não é a dela. Mas o que seria mais adequado? Relaxo. Procuro ser menos crítico, dono da verdade.

— O senhor sabia que me lembro exatamente do dia em que pintei o quadro que trouxe?

— Podemos deixar as formalidades de lado. Trate-me por você, por favor. Quem sabe assim consiga parecer mais jovem?

— Mas o senhor... você é jovem sim, um broto.

Ouço com bom humor o termo já ultrapassado: broto. Levanta-se, vai à cozinha, volta trazendo a mesma bandeja da primeira visita, o bule, café.

— Era uma tarde de inverno, eu estava triste, morrendo de saudade de Moscou, nostálgica mesmo. Comecei a pintar este quadro que acaba de voltar para mim e recuperei um pouco do equilíbrio. Acho que é um pouco o papel da nossa arte, não? Permitir que retomemos a sanidade, alguma alegria de viver.

Pela primeira vez consigo entrar um pouco mais no que Ludmila diz. Faz sentido. Há em meus textos movimentos parecidos. Certa tentativa de não enlouquecer.

Ludmila apoia o quadro meu, de sua autoria, no colo, de frente para ela. Com um pincel escreve em tinta preta: "Ao Rodrigo, com agradecimento".

— Você me deu um presente, Rodrigo. Considero-o um amigo muito especial.

Fico embaraçado com a declaração. Despedimo-nos com promessas de reencontro, pretendo convidá-la para um jantar em casa. Quero muito apresentá-la à Linda.

Observo o quadro na parede agora já com dedicatória. Todo o processo que envolveu aquele objeto é muito curioso. Deu a ele uma aura diferente das outras obras expostas nos diversos cômodos. O percurso entre a calçada e minha sala foi especial. Sento-me na poltrona de leitura razoavelmente feliz.

*

Linda liga. Avisa que aceitaram nossa proposta. Vamos finalmente nos mudar da casa para o apartamento.

Começa meu inferno particular. Há em mim certa dualidade. Embora deteste todo e qualquer movimento que me obrigue a sair do conforto conhecido, a perspectiva de morarmos mais abrigados, em um endereço que estaremos pagando e acabará sendo nosso, entusiasma-me, embora moderadamente. Bom saber que, de certa forma, estaremos mais seguros, protegidos. Iremos nos instalar no oitavo andar, mais distantes do perigo das ruas. Quando eu viajar, Linda estará resguardada. Além da segurança de uma portaria com diversos portões e câmeras, a própria loteria da vida em apartamentos. Caso entrem no edifício, será muito azar violarem justamente nossa moradia. Mas o inferno existe, penso em meus livros com ciúme e preocupação. Não será fácil movê-los. Livros pesam, exigem cuidados.

Cuido da burocracia com ódio verdadeiro. Assinaturas, cartórios, visitas à empresa que intermedia o negócio ocupam um espaço importante de minha rotina. Passo bom tempo andando para baixo e para cima. Feito contínuo enfrento filas de banco, faço pagamentos, vejo o tempo fugir de meu controle. Já não consigo ficar a sós comigo mesmo. Escrever, nem pensar. No final, contudo, estamos bem situados, vivendo o novo capítulo de nossas vidas. Linda feliz.

— Não é maravilhoso nosso apartamento?

Concordo. Embora chacoalhar os ossos seja atividade sempre complicada para mim, o nosso novo arranjo existencial está mais bem desenhado. A vida simplificada, os espaços mais fáceis de serem cuidados. A felicidade exposta por Linda de maneira tão exuberante tem razão de ser.

Pela primeira vez na vida sinto-me ligado ao sentimento dos gatos. Bichos acostumados com a geografia de onde vivem, apegados a seus cantos, vagam pelos ambientes encurtados perdidos, estranhando cheiros. Devem desejar saber a razão de terem sido colocados naquela gaiola sem quintal. Beca, muitas vezes, para na porta de um dos quartos e fica miando. Parece enxergar estranhezas. E eu também reparo na extravagância daqueles miados tão desesperados. Linda simplifica a questão, sua explicação recompõe a realidade, busca entender as coisas de forma mais racional.

— Deve estar sentindo falta do ar livre. Parece achar que além desta porta está a área onde corria atrás dos passarinhos, caçadora que sempre foi. A bichinha está nostálgica.

Como os felinos domésticos, Miau e Beca, também enxergo desconfiado o piso novo, as paredes, o silêncio. A casa em que morávamos ainda não me deixou. Embora eu tenha abandonado o endereço antigo. Eu sempre custo a admitir novas rotinas. E os costumes arraigados necessitam de referências fixas. O miado de Beca me causa calafrios. Perco a objetividade ante aquele chamado enigmático. Associo aquilo ao imponderável. O que estará ela vendo naquele novo endereço em que resolvemos viver? Pensar na possibilidade de haver alguma energia diferente me amedronta. Tanto quanto constatar o quanto a velhice tem me tornado menos razoável, mais enigmático. E evito a palavra místico. Pois no fundo é mesmo do que tenho me aproximado. De um misticismo arrevesado, complexo, fora de hora.

— Talvez enxergue alguma assombração...

— Sem dúvida — concorda Linda, uma família de almas penadas.

Beca passa por mim e me fulmina com um olhar de censura. Provavelmente me culpe por ter-lhe roubado o sossego.

*

Sextou! Poderia ter quintado, quartado, seria exatamente a mesma coisa. Há um senhor enjaulado em seu apartamento. Dizem, afirmam, embora ele não perceba, que é um idoso de sessenta e seis anos. Quando rapazola gostava de decorar poesias. E como gravou na memória textos muito cedo, continuam no coração. Repete, vez ou outra, tais versos. Assim, rebelde desde sempre, tem buscado atividades capazes de fazer com que enxergue no espelho o moleque Rodrigo. Passou a sexta lendo e decorando poesias. Distrair-se, não refletir. Perdeu a agilidade, já não há para quem declamar. Existe, contudo, naquele novo poema apreendido, certa lucidez lúdica.

Às vezes bate um vento frio, ele se encolhe todo e aproxima os ombros das orelhas. O "arrupio" sobe até a nuca e "arrodeia" o coração uma tristeza sem propósito. Vem em visita não convidada, capaz de se "achegar" íntima e pousar sem pedir licença. Coisas daqui do Sul. Onde já se viu céu tão azul e sol sem ter ciência de saber esquentar o cidadão? Diacho de lamparina mais frouxa e inútil.

Casemiro ainda não se acostumou. Deus o fez calado, quase mudo, chegou do sertão assim reduzido. Lá onde vivia, os mandacarus, o gado, a roça pobre de milho, nada era de muita conversa. Passava o dia quieto e com o tempo desacostumou de ter ideias, os bichos entendiam os gestos, não carecia gastar palavras nem miolos. Apenas passava as horas suando, espiando os arredores, desembestado na caatinga, trabalho duro para pouco pagamento. Quase nada. Mal dava para farinha, cachaça nos finais de semana, rotina de forró correndo solto à luz do candieiro, a sanfona gemendo no braço do sanfoneiro. E ele pendurado no pescoço de Marinete, o cheiro bom de sabonete botando intenções em seu querer, um fogo danado de controlar. Um dia juntou os trapos, deu de costas para moça e escafedeu-se. Desceu.

Aqui não tem amigos. Quando os companheiros da obra desembestam, bolem uns com os outros e dão risada, sente-se sobremaneira deslocado. Gente de muito "conversê" matraqueando o dia inteiro, nem se quisesse conseguiria juntar tantas palavras e despejar feito locutor de rádio as opiniões todas de uma vez. Até por ter poucas. Nunca pensou mal de governo, televisão lhe faltava, futebol não torcia, rezar era para dentro em silêncio. Mulher só havia uma. Abandonara, fugira da responsabilidade incapaz de assumir.

Domingo é mais difícil. Acorda cedo, nunca foi de ficar muito tempo estirado. No quarto pequeno onde vive com outros tantos operários falta-lhe o ar, precisa sair para olhar a natureza. Respirar. Gosta de subir a ladeira entre as árvores, o bairro onde está construindo o prédio é de gente rica e quem tem dinheiro aprecia belezas, compram bonitezas, gostam de viver rodeados de colorido, flores de todos os tipos. Quando chega no alto do morro, a subida até parece uma escalada, senta-se em um banco da praça. As maritacas assim cedinho estão em festa. E como se assenta em frente a uma jabuticabeira, pode ver os periquitos verdinhos brincando, beliscando as bolas negras mais maduras. Os pássaros parecem os de sua terra, arruaceiros, alegres. Sem perceber volta para Coronel Severiano no seu Pernambuco. Acende um cigarro, puxa a fumaça com prazer, sonha acordado. Se ouve um latido por perto pensa em Tubarão, o cão que o ajudava na lida com as vacas. Os olhos marejam. Mas é o povo das redondezas chegando. Trazem uns cachorros esquisitos, gordos, grandes, peludos, diferentes dos magros vira-latas de onde nasceu. E danam a correr por ali, a fazer ginástica exibindo tatuagens desenhadas no corpo, esticando-se em alongamentos como se fossem gente feita de elástico, aparelhos caros grudados nos ouvidos. Olham para ele diferente. Parecem querer expulsá-lo dali. Talvez por estar fumando, emporcalhando o ar de propriedade deles. Outro dia aprendeu uma palavra nova. Qual foi mesmo? Sim. Poluindo. Não desejam ver seu espaço de exercícios, a pracinha também das maritacas e da jabuticabeira, ser poluída por fumaça de cigarro. Rapidamente se desfaz da bituca. Mas a animosidade persiste. Olhares ferozes. Quem sabe o problema não seja ainda maior? Casemiro, ele mesmo, a própria poluição. Um sertanejo pequeno, mulato, olhar pouco inteligente, ali sentado na pracinha deles, no banco de propriedade das pessoas do entorno elegante, bairro chique dos animais de raça pura. Nordestino folgado! Encabulado, humilde, desiste, retira-se sem se despedir das aves amigas de tanto tempo. Maritacas lindas!

Refaz o caminho voltando cabisbaixo, sente fome, mas só vai almoçar mais tarde, a marmita dos funcionários da empreiteira. Faria qualquer coisa para ter a comida caseira de D. Adelaide, a mãe.

Mas como é domingo fica por ali meio sem serventia, perambulando, sentindo as horas se arrastarem. Doido para que chegue logo segunda-feira.

No radinho de um colega ouve a voz grossa de Gonzagão. "Ela só quer, só pensa em namorar". Diabo de lugar mais frio! Mandacaru, Tubarão, Marinete, D. Adelaide... Ô, "sodade"!

Bom conseguir escrever. O quadro de Ludmila agora pendurado na parede aqui do escritório me inspira. Ele, as estantes, livros. O sujeito precisa de certo isolamento para conseguir se expressar. E silêncio. Aqui não há barulho de carros na rua, vizinhos, consigo ouvir melhor minhas palavras.

*

Às vezes o texto parece impor-se.

Houve um tempo em que a lua era criança. Não apenas nova, minguante, crescente ou cheia, mas menina, travessa, muito inquieta e brincalhona. Ficava lá no alto, no céu de cada noite, espiando curiosa o que havia aqui embaixo. E por ser mimada por todas as forças da natureza, até por ser linda assim tão pirralha e redondinha, tinha sempre aliados para ajudar em seus caprichos.

Uma vez, em uma pequena cidade do interior, noite negra e fresca, quando o circo prometia emoções, ela lá no alto inconformou-se em não enxergar a sessão. Chamou o vento toda sapeca e, naquele jeitinho todo seu, pediu uma fresta na lona. Então a brisa ficou mais forte, a ventania deu um jeito, empurrou o pano grosso arrastando-o um pouco para os lados, o picadeiro mostrou-se alumbrado.

Ela encantou-se com as graças daquele moço com o nariz vermelho. Riu tanto que a noite ficou clara de alegria. Mais tarde, vagando o olhar como um farol, viu o palhaço recolhendo-se depois do expediente. Ele entrou no vagão e sentou-se próximo à janela. Olhou para o céu. Do fundo dos seus olhos enluarados escapou um choro soluçado. Lágrimas prateadas borraram o branco da maquiagem. Era quase manhãzinha. A lua menina encabulou-se, fugiu, escondeu o rosto atrás de uma nuvem.

A lua sabe, embora ainda inexperiente, que todo dia ele passa cambaleando. Segue rindo, tropeçando nas próprias pernas. Para, estufa o peito, respira fundo e continua. Às vezes cai na gargalhada. Fala com todo mundo como se fosse íntimo. O rosto escalavrado. Inchaços, manchas roxas, as bochechas rosadas. Já o viu, em mais de uma oportunidade, com o braço na tipóia. Molestado. E então ele se atrapalha, parece que esquece o caminho, curva o corpo todo para a direita, surfando uma onda imaginária, endireita-se para a esquerda, retomando o equilíbrio precário, resmunga alguma coisa. Manhãzinha, fim de tarde, parece estar sempre voltando. Sujo, razoavelmente vestido. Rindo, rindo muito.

Quem vê aquele sujeito trôpego, ri com ele. E gritam, aconselham do outro lado da calçada:

— Vai pra casa, Givanildo, é tarde!

E ele rindo, rindo muito.

— Você não toma jeito, Givanildo!

E ele rindo, rindo mais.

— Toma é cachaça!

E ele então cai na gargalhada, endireitando o corpo, segurando a barriga. Quando dou por mim, estou me divertindo também, achando graça. De repente meu sorriso congela no rosto, amarela. Cantarolo a música de Charles Chaplin. Sorri.

No quintal enluarado os brinquedos esquecidos refletem sombras prateadas e a tristeza do abandono contrasta com a alegria que trouxeram durante o dia para os meninos encantados daquela casa esguia erguida no meio do quarteirão prensado entre as duas ruas mais importantes daquele bairro longínquo perdido no meio da cidade onde as crianças ainda sabem brincar e brincam tanto que suam gotinhas salgadas em forma de buços e correm e gritam e se cansam de montar quebra-cabeças em forma de mapa-múndi e pedalar velocípedes de plástico e jogar queimada rindo às bandeiras despregadas e pular corda até não aguentar mais de tanta diversão que há neste mundo vasto mundo de tantos raimundos.

*

Véspera de carnaval. Leio assustado a notícia de uma enfermidade fazendo vítimas na China. Linda avisa que vai visitar nosso filho na Finlândia. Quer matar a saudade dele, do neto. O ideal seria irmos juntos, mas nem sempre é possível arcar com duas passagens. Penso um pouco em paternidade, maternidade. De certa forma nós, os pais, conseguimos nos separar mais facilmente da prole. Quando voam os filhos, nosso sofrimento é menos destruidor. Mães ficam em carne viva. Volta e meia a ferida sangra. Frequentemente pego Linda chorando a ausência de nosso Lucas. E do neto Tiago.

— Não criei filho para viver longe de mim — lamenta.

Acertamos tudo muito rapidamente. Ela viaja na próxima sexta-feira. Passa lá a semana, volta no domingo de carnaval. A volta, assim no meio de um feriado, faz com que os custos sejam mais baixos. A passagem torna-se mais adequada ao nosso pequeno bolso.

No aeroporto nos beijamos prometendo estarmos juntos em breve, serão poucos dias.

*

Na volta para casa resolvo comparecer ao velório de um amigo.

Encontro-o deitado no esquife. Vejo de relance por não conseguir nunca chegar perto de pessoas mortas. Mantenho com os defuntos uma relação de temor reverencial. Talvez mais medo do que deferência. Pavor, para falar a verdade. Tenho sempre receio de guardar a imagem do cadáver muito nitidamente, fixá-la na memória de tal maneira que, mais tarde, ela venha povoar meus sonhos. Por isso prefiro manter distância, os registros do finado são sempre vagos, pouco nítidos, sombras geralmente em sépia surgidas de observação longínqua e enviesada.

Com horror, percebo de soslaio alguém se aproximar daquele que não estava mais espiritualmente entre nós. Afaga lentamente mãos provavelmente geladas cruzadas sobre o peito, exatamente a postura de quando descanso após as refeições, curva-se e deposita, imagino, pois no momento já desviei o olhar, um beijo na testa do ali extinto. Preferiria trocar de lugar com o meu amigo do que fazer aquilo: beijar um não ser.

Fico por ali vagando, guardando a separação necessária, nunca sei bem o que fazer em tais momentos. No caso, pior, desconheço totalmente os presentes, o meu amigo era companheiro distante. Agora definitivamente afastado. Começo, para ter o que fazer, a contar os azulejos do chão. Ando dez para um lado da sala, viro o corpo e, convenientemente cabisbaixo, volto os mesmos dez, cumprindo em seguida novamente o percurso em direção oposta. Por volta dos cento e cinquenta quadrados percebo em um canto uma coroa de flores: "Lembrança dos Amigos do Condomínio Arapongas". Incrível! Se algum dia eu morrer, dificilmente as pessoas do prédio onde agora vivo, creio, irão se lembrar de me enviar tal mimo. Até por exercer com os condôminos saudável relação de antipatia. Sou do tipo implicante, reclamo de tudo. Latidos de cachorros, automóveis mal estacionados nas vagas da garagem, gente conversando no hall dos elevadores, barulhos de toda sorte – ou azar, qualquer coisa é motivo para me fazer demonstrar minha total incapacidade de viver em comunidade. Sinto saudade da nossa casa. O meu amigo, ao contrário, e pelo visto, era querido dos viventes do edifício onde um dia morou, antes da indesejada vir buscá-lo.

Depois que consegui fixar o olhar em alguma coisa, no caso os dizeres do adereço testemunha de consideração que seria impossível demonstrarem por mim, não tive mais sossego, embora reconheça que velórios sejam lugares sossegados. O meu amigo era colega de organização, nós dois da diretoria, associação de escritores. Imaginei que ele poderia criticar o grupo a que pertencíamos por não termos colocado ali, bem visível, um ornamento semelhante ao escolhido por seus vizinhos. Estaria ele, pensando com seus botões, e é só o que fazemos depois de passarmos para melhor, mal de mim? Em caso positivo qual seria sua atitude? Bate-me então um pavor indescritível. Tinha ido prestar minhas últimas homenagens, não podia sair dali indisposto com o finado. Até por não ter a mínima ideia do que significa uma altercação nas relações com um defunto ainda fresco, acabado de seguir em direção à luz, como vemos nos filmes.

Procuro a floricultura do cemitério. Lá pesquiso preços, encontro uma coroa exatamente igual à que tinha acabado de ver exposta. Simplesinha, apenas com flores brancas, a nossa seria melhor. Escolho logo a premium, pétalas de todos os tipos e coloridas. Pago feliz da vida. Não havia nem comparação. Os moradores do condomínio onde meu amigo expirara, dizem que apagou em sua própria cama, haviam economizado. Gente avarenta! A nossa faria maior presença, era bem mais vistosa. Escolho uns versos do Drummond, é sempre bom conhecer poesia de cor, e mando colocar na faixa: "*Antecipaste a hora. Teu ponteiro enlouqueceu, enlouquecendo nossas horas*". Acho que meu amigo, lá deitado com as mãos sobre a barriga (ou era sobre o peito?) deve ter gostado. Depois de vê-la exposta sossego, perco a cisma e a paúra, posso ir embora.

*

Naquela noite sonho deitado sozinho na cama, Linda fazendo falta, talvez impactado pelos acontecimentos. Meu amigo, de calção e camiseta, corria em uma dessas provas de rua. Fazia bela figura o finado, mantendo ritmo bom e ultrapassando todos que se interpunham em seu caminho. Acabou vencendo a maratona, chegando em primeiro lugar. No pódio, lá no alto, recebe uma coroa de flores igual a que oferecemos para ele. E assim, meio cavalo vencedor, guirlanda pendurada no pescoço, meu amigo olha para mim e pisca um olho. Feliz da vida, ou seria da morte? Acordo assustado e temeroso. Não sou chegado em sonhos que pareçam ser muito reais. Mas acho que está tudo bem, ele não virá puxar os meus pés. Deus o tenha!

*

A gente aprende desde muito pequeno que deve correr atrás dos sonhos. Quando eu era menino o conselho era dado frequentemente e me deixava, no início, um pouco confuso. Talvez por associarem a busca, pelo menos meu pai deixava isso bem claro, à necessidade, quase obrigação, de que tentássemos percorrer caminhos que garantissem felicidade. Confundiam-me. Sonho era um troço noturno, variável, inconsciente, e podia até ser ruim, muitas vezes pesadelo. Felicidade até hoje é para mim um conceito abstrato demais, não tenho certeza de saber explicar bem o que seja. Tendo a considerar um estado de espírito muito próximo da idiotice, vontade de ficar rindo o tempo todo feito bobo. Sou feliz quando me sobra dinheiro. Logo, raramente atinjo tais momentos agradáveis. Dificilmente me posto parado, olhado para o infinito, com aquela expressão de alegria aparvalhada dos abonados.

Quando comecei a entender melhor o significado de sonho, perceber ser ele uma vontade que surge quando estamos acordados, meio vaga, normalmente factível, mas difícil de acontecer, eu quis trapacear. Sempre fui um moleque meio ladino, um pouco preguiçoso, não muito afeito aos esforços desmedidos. Querer grande demais seria complicado. Acabaria desobedecendo ao velho, já que dificultaria o resultado: a obrigação de sermos felizes. Ele tinha mandado a gente tentar. Obediência era um conceito mais concreto e fácil de compreender. O resultado de sua não observância vinha a galope, deixava marcas vermelhas, as palmadas ardiam. O menino Rodrigo preferia ser obediente, ou pelo menos disfarçar, fingir que era. Melhor sonhar simples. Sonhei primeiro em conseguir a figurinha que me faltava no álbum, depois em ganhar uma bicicleta no Natal, e mais tarde em roubar o beijo da Luana, nunca mais esquecerei, a mais bonita coleguinha da minha classe. Ao construir os sonhos dentro de mim eu me certificava de serem eles possíveis, totalmente possíveis, quase consequência natural de minha vontade. Nada de querer, por exemplo, morar em casa com piscina. E é por isso que eu, de certa forma, não era tão honesto comigo mesmo, e nem com os ensinamentos do velho. Eu sonhava pequenininho.

Um dia o pai percebeu a tramoia, foi camarada, até se divertiu.

— Assim não vale! — Disse, sorrindo.

Entendi então que precisava sonhar grande, pelo menos era o que esperavam de mim.

Na época eu andava atento ao que considerava frases inteligentes, colecionava alguns pensamentos escritos por gente bacana, quem sabe um dia eu aprendia e dizia aquelas coisas bem sacadas também. Quando as palavras se juntavam e formavam um todo capaz de me fazer refletir eu ficava fascinado. Encontrava isso nos livros, nas letras de música, em conversas na sala de jantar. Tudo me levava a crer que essa coisa de sonho era realmente verdadeira. Até mesmo o Aparício Torelli, o Barão de Itararé, humorista ferino, figura que aprendera a admirar, tinha feito menção, muito do seu jeito, ao que podemos chamar de plano de vida: "nunca desista de seus sonhos, se não encontrar em uma padaria procure em outra". Ao acabar de rir eu percebi a ideia mais geral, insistir, querer e batalhar para conseguir. Freud, depois eu teria muito carinho por ele, iluminou um pouco mais o meu percurso: "o sonho é a satisfação de que o desejo se realize". A felicidade talvez fosse conquistar alguma coisa sonhada. Mas foi Mario Quintana quem me deu uma sacudidela mais forte: "sonhar é acordar-se por dentro". Eu precisava sonhar direito, acordar-me por dentro. Não sei se consegui despertar.

Hoje estou velho e ninguém sonha envelhecer. Cabelos brancos e rugas foram se instalando em silêncio, sem fazer alarde. Em determinado momento da vida percebi que havia aprendido (será?) a sonhar. E como sonhei, meu Deus! Se tivesse sucesso em construir as frases que desejei forjar, certamente diria: "viver é colecionar sonhos". E teria escrito uma porcaria de pensamento. Óbvio, insosso, inodoro.

Eu quis tanta coisa... consegui boa parte delas, mesmo que no caminho tantas vezes tenha alterado o percurso só para não chegar ao fim da estrada com sensação tão grande de fracasso. O menino ardiloso nunca se afastou totalmente de mim. Tive que adaptar a vontade para não me frustrar. A gente deseja um relógio de ouro, mas aprende com a idade a se enganar. Quando recebe o *Seiko* vagabundo finge que ele era o objeto de desejo. E fingimos tão completamente que chegamos a pensar que a dor é realmente dourada.

Se fui feliz? Poderia novamente fazer alusão a Pessoa e dizer que fui outrora agora. E realmente sou. Ainda corro atrás dos meus sonhos, tornou-se um vício. Um dia lerão o que eu escrevo. Eu tenho este sonho recorrente. Mesmo sabendo que o mundo, como bem disse Cartola, é um moinho: "vai triturar meus sonhos tão mesquinhos".

*

Ficar sem Linda é difícil. Acordo mudo, saio para caminhar no parque calado. O silêncio acaba me incomodando. Sinto falta de conversar com minha mulher. Vivo declarando, gosto de fazer tipo, meu amor pela solidão. Mentira! Há tristeza demais nos cantos de onde vivemos quando nossa parceira se ausenta.

Na falta de ter o que fazer resolvo ir ao banco. Reparo na mulher imediatamente. Passarinhando. Pernas finas, baixa, tronco pequeno, andando para todos os lados com um sorriso esquecido no rosto, cobrindo e recobrindo o pequeno espaço reservado aos caixas eletrônicos da agência, entupida naquele horário. Faces borradas de pó vermelho, olhos excessivamente pintados, negros demais. Velha. A falta de beleza depois de certa idade não assusta tanto, mas... feia como o diabo! Dava pena. Aproximou-se resolvida a conversar, interrompendo o caminhar sem propósito. Alguma coisa em mim atrai todo tipo de gente. Devo ter ouvidos de mel. Sorri, iluminando a verruga da ponta do nariz.

— Boa tarde!

— Boa — respondo sorrindo amarelo, a cor dominante de todos os meus sorrisos.

— Quantos anos você tem?

— Sessenta e seis.

— Nossa, tão jovem! Tenho oitenta e sete.

Francamente acho barato. Parece bem mais.

Ali parada, sem ter o que fazer, atrapalha a ordem natural das coisas. Pelo visto precisa conversar, quem não deseja? Mas gente normal gosta de ficar na fila em ordem e não entende quem se aproxima dela sem o objetivo comum a todos. Assim próxima da fieira de clientes parece querer furar e obviamente reclamam. Ela se afasta risonha, alega estar ali apenas falando com o simpático rapaz. Eu.

— Você dorme bem? — pergunta de longe, erguendo a voz.

— Sim — gaguejo encabulado, incapaz de adivinhar o que viria depois.

— Eu não — afirma, quase gritando, despertando o interesse de outros felizes enfileirados.

Ante o meu silêncio tímido continua:

— Tenho mania de limpeza. Fico acordada até tarde limpando tudo. Lavando, esfregando, varrendo. Hoje fui até as três da matina.

Alguém se interessa e a conversa espraia-se, conquista aliados.

— A senhora não incomoda os vizinhos? — quer saber a jovem bonita, com um estranho *Rogério* tatuado no antebraço, letras vermelhas.

— O de baixo nunca está em casa — explica Madame Mim. De qualquer maneira procuro faxinar em silêncio.

Não havia saldo. A gente aguarda depósitos capazes de nos darem um pouco de fôlego no final do mês e eles sempre se atrasam, ampliam sistematicamente nossa agonia. Digito minha vontade de não fazer mais nada, saio do aplicativo, deixo na tela inicial. O celular toca e vou embora meio correndo, evitando desobedecer a lei ao atender dentro do ambiente. Comportado. Paro na porta e a ligação, previsivelmente, cai. Medeia me alcança.

— Queria agradecer — pegando em meu braço e me olhando fixamente, os olhos úmidos de anciã.

— Por quê?

— Por ter me dado a oportunidade de ouvir minha própria voz. Há três dias não abria a boca.

Sorrio novamente amarelo, meneio a cabeça e tomo o rumo de casa, a garoa fininha se fazendo Sampa.

*

Dois dias sem Linda e já percebo enorme inquietação dentro de mim. Vago pelo apartamento sem conseguir me fixar em nada. Não me concentro nos textos, o trabalho empaca, encrua, não vai adiante. Passo pelos gatos e sinto que eles, tanto quanto eu, também estranham a ausência de minha mulher. Não estão acostumados a me ver cuidando de sua alimentação, trocando a areia, encarregando-me de sua existência. Miau aproveita para tentar se aproximar mais de mim. Não desiste. Solitário que estou, acabo cedendo um pouco e faço-lhe um carinho na cabeça. Ele ronrona satisfeito, vitorioso. E sai correndo acovardado. Todo cuidado é pouco!

O carnaval está quase chegando, uma semaninha e ganhará as ruas, avenidas. Saio para apreciar os blocos. Antecipam a festa. Há grande alegria, as pessoas metem-se nas fantasias e atiram-se por aí felizes. Brincam, cantam, sacodem os esqueletos. E neste balançar de ossos parecem jogar fora a melancolia da metrópole paulistana cinzenta, perigosa, sem tanto samba no pé. Quem disse? Viver por aqui é surpreender-se constantemente. O povo dança e canta.

Rapazes de vestidinhos curtos, moças pintadas e cheias de brilhos, gente jovem e mais velha, alguns já avançados no que se chama perversamente de melhor idade, crianças que recém aprenderam a andar balançando trêmulas, acompanhando o ritmo da batucada ainda bambas, fazendo com que todos parem para ver aquela bonita e engraçada estreia no asfalto. Paira no ar sensação de podermos nos divertir aqui mesmo, não precisamos procurar lá fora outro enredo. E todos trazem as cores capazes de fazer a farra. Cada um do seu jeito, livres, leves e soltos. Cuidam para que tudo corra bem, comportam-se.

Quem prestar atenção pode ouvir e ver histórias. A do pierrô apaixonado parece repetir-se sempre, desde quando vovó era mocinha. Ele cerca a colombina, exibe olhar pidão, estica os braços, abre e fechas as mãos chamando a garota. Ela sorri, dá de ombros. Ele ri amarelo sob a máscara branca, vai cercar outra candidata. Fafá do Belém, a mesma que encontrei em Salvador em minha juventude na porta do teatro Vila Velha, decote ainda generoso, grita em cima do trio seu coração vermelho. E eu me arrepio repetindo o estribilho, o meu também é, sempre foi. O brilho desse canto tem o som e a expressão da minha cor. E não falta a cabeleira do Zezé, todo ano falam dela, gritam bicha em uníssono, mesmo não havendo mais a menor graça neste coro agora homofóbico. E por falar em politicamente incorreto, também não sai de moda o cabelo da mulata, que não nega, não nega, mulata quero o seu amor.

Duas moças passam conversando. Uma fala de experiência traumática vivida ontem, no ensaio geral. Levantou a saia para fazer xixi na touceira de uma praça, não aguentava mais depois de tanta cerveja, local ermo e resguardado, roçou o traseiro em urtigas, sacanagem, saiu com a bunda queimando e coçando. Quanto riso, ai quanta alegria.

Em cima do caminhão vejo meu colega de escola, agora importante na cultura do município, agitando toda sua emoção. E me dá grande vontade de subir lá e abraçá-lo, sou contagiado pelo entusiasmo visível. Ele quer botar seu bloco na rua, brincar, fazer gemer, a gente não morreu de medo quando o pau quebrou, mesmo Durango Kid tendo quase nos pegado.

Passa por mim rapaz musculoso, deve submeter-se à terrível monotonia de levantar e abaixar pesos diariamente, coitado. Cerca a fada de saiote e bustiê, bonita, cílios grandes postiços. Pede um beijo que lhe é imediatamente negado. Sai todo *Schwarzenegger*, vai pregar em outra freguesia.

Às vezes tocam sons desconhecidos. Vejo todo mundo em volta cantando e tenho certeza de que em algum momento o bonde passou e não acompanhei. A sensação é desagradável. Como se não tivesse sido convidado para o baile, assim fora do *script*, totalmente bicão, ainda usam bicão? Aliás, embora esteja ali curiosamente observando o entorno e antecipando o possível texto, em vários momentos percebo-me deslocado. Desconheço letras mais novas, meu corpo não consegue copiar os movimentos lascivos que os mais moços repetem sem a menor inibição. Encabulo quando tento, a cintura dura, joelhos estalando. A senhora do meu lado, também interessada e participando do cortejo como pode, parece passar pelas mesmas dificuldades. Rosto suado coberto de ruge. Afogueada pelo calor, movimenta os quadris em rebolado dolente, os olhos semicerrados. Lembra de elegantes bailes, outros salões, confete e serpentina, arrasta as sandálias de prata pisando talvez em folhas secas caídas de uma mangueira. E ferve como eu frevo. Deve ter mais ou menos a minha idade. Sei que vou morrer, não sei a hora, levarei saudade da Aurora. Nós, tiozinhos. Na cadência bonita de um samba. Que horror!

*

A tal enfermidade chinesa ganha manchetes, faz alarde ao começar a espalhar-se pelo mundo. O noticiário informa que logo estará no Brasil. E mata, a infeliz. Assusta as pessoas. A Europa registra com alarde os primeiros casos de morte. Gente acabando-se sem conseguir respirar direito. Sufoco. Pandemia. A Covid 19 torna-se o principal assunto. Isolamento social. Ante a falta de vacina o melhor é usar máscara e afastar-se do convívio com as pessoas. E Linda longe, em Helsinque.

A notícia chega devastadora. Bem mais difícil do que a própria pandemia. Lucas está doente. Linda avisa que não volta ao Brasil antes que ele esteja curado. Aquela semana de separação ganhou tempo indeterminado. Ficará fora ajudando a cuidar dele e de nosso neto, o pequeno Tiago.

Rapidamente os riscos ficam evidentes. Viajar para Helsinque agora é impossível. E não recomendável. As fronteiras fecham-se, os países desconfiam de quem não nasceu em seus territórios. E o medo. Um egoísmo antes desconhecido faz com que tenhamos o tempo todo em vista a possibilidade de morrermos. Quando notamos estamos colocando nossa vida em primeiro lugar. Mascarados e esfregando obsessivamente as mãos com álcool. Disfarçamos alegando desejarmos proteger o outro. Sei!

Por enquanto ficaremos, Linda e eu, afastados. A preocupação com Lucas e a culpa por não insistir em viajar me consumindo. Será que conseguiria?

Fecho o apartamento, peço ao zelador que cuide dos gatos, vou morar com mamãe. Aos noventa e dois anos ela dispensou a empregada, não pode viver sozinha.

CADERNO DOIS

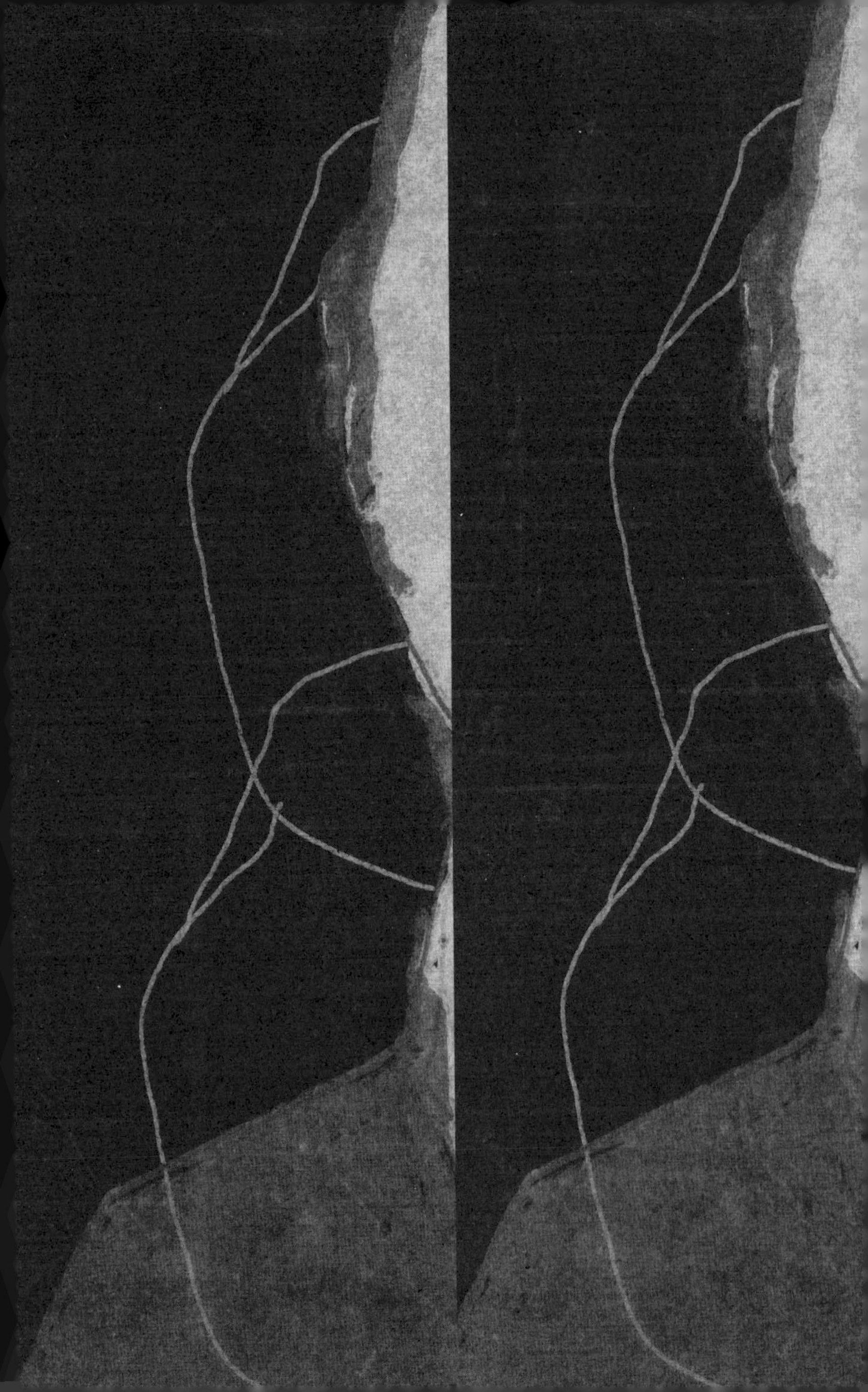

Para que esses sistemas falados cessem de enlouquecer ou incomodar, não há outro meio exceto habitar um deles. Senão: e eu, e eu, o que é *que estou fazendo no meio disso tudo?*

Roland Barthes

A pandemia muda as pessoas. Ficar fechado dentro de casa, muitas vezes isolado, faz com que percamos o traquejo nos relacionamentos sociais. Observo com curiosidade certo exagero nas reações, o ser humano mais susceptível, facilmente capaz de reagir fora do razoável. Um abraço, mesmo que simulado à distância, palavra gentil, elogio, tudo isso tem feito falta às gentes ao meu redor, este redor que não é físico. Anseiam por serem mimadas.

O cotidiano permeado pelo constante medo de contrairmos enfermidade fatal tem nos debilitado. Metemos os pés pelas mãos, assustados, alguma coisa dentre de nós frequentemente se quebra, é solitário lidar tanto com nossa própria finitude. Não fomos feitos para viver preocupados com a morte. A higiene extrema necessária, finalizada depois do sabonete com álcool gel, nos faz retornar invariavelmente ao mesmo tema: precisamos nos proteger, alguém pode nos infectar. Tudo isso nos faz ásperos.

Nas raras vezes em que saímos às ruas, o desconforto das máscaras nos alerta para o perigo iminente. De certa forma os rostos cobertos dão relevo maior aos olhos. E eles nos observam desconfiados, escondidos, assustadoramente contidos. Os exteriores passam a impressão de estarem mais silenciosos. Incógnitas, sentimos o mistério ao nosso redor. Não há mais encontros nas calçadas, balcões, pracinhas. Atrás dos panos estamos totalmente solitários. E eu sem Linda. As identidades escondidas não nos permitem espontaneidade. Os sorrisos estão mais nos lábios cobertos, menos no olhar. Sobram contenção e medo. Pior, culpamos o outro por nossa situação. Se fossem mais responsáveis, seguissem os protocolos à risca, acreditassem efetivamente nos riscos escondidos em cada esquina, não teríamos tantas mortes. É deles, nossos vizinhos, toda a culpa. Por que preciso ser manso, engolir sapos, se a vida já me tem cobrado tanto?

Mergulhados nostalgicamente na falta de abraços, beijos, e até apertos de mão, sentimos a dor do abandono.

Ontem, mais uma vez, encontrei meu irmão. Roçamos os cotovelos nos cumprimentando. Não há afeto na aspereza insensível da dobradiça de um braço. A saudade continuou presente, mesmo ele estando ali. Entregou-me um documento que precisava assinar, subiu no carro, foi embora. Tomei o elevador esfregando as mãos molhadas uma na outra, o cheiro de cachaça tomando o ambiente, lembrando festa. Não era. Apenas material de limpeza e esterilização. Cheguei em casa, passei pelo quarto de minha mãe deitada, dormindo. Estirei-me também na cama, peguei um livro. A vida em câmera lenta. Mais tarde estive presente em mais uma *live*. Presente?

Hoje é domingo e não estou bem. A consciência do confinamento às vezes se faz mais forte e a saudade bate como chicote de couro cru. Lanha a pele, sangra a alma. Longe de mim está meu amor e a rotina sem ela já atingiu um ponto de tamanha violência, estranhamento difícil de suportar. Interessante perceber a inserção da palavra "estranhamento" aqui. Não sei se está bem colocada, define exatamente a percepção das horas se arrastando. Em espanhol, língua com a mesma origem latina daquela por nós falada, "estranho" é sentir falta, perceber com alguma dor a ausência de alguém. Enfim, acordei acinzentado.

Sou o tipo de pessoa impressionável, há certa fragilidade na maneira como enxergo as coisas. As notícias chegam e conforme o ocorrido sou capaz de ruminar por tempo demais o ocorrido. Viver em um país em que as liberdades civis são violadas diariamente, certamente não ajuda a enfrentar a pandemia odiosa atual. Somam-se as tristezas com a revolta, o desespero, o inconformismo.

Há um plano macabro em vigor. Certamente é mais fácil destruir. Então o governo, conscientemente incompetente, decidiu ser mais fácil lidar com o planejamento econômico do país apostando na morte e na desconstrução. Se a população diminui, certamente haverá mais sobra. O raciocínio é simples: resolvemos dar uma festa para cem pessoas; se comparecem apenas cinquenta, haverá mais bebida e comida para todos.

Nunca se matou tanto. E justamente as populações que mais demandam políticas sociais. Os povos indígenas têm sido violentamente atacados e expostos ao vírus mortal. Caso sumam da responsabilidade política, haverá mais terras para o plantio, menos gastos com gente teoricamente não produtiva. Os pobres foram abandonados à própria sorte. Sobrevivem nas comunidades graças aos esforços de uma ordem conduzida por eles mesmos, além do apoio de organizações sociais simpáticas. Mas lutam cada vez mais contra o racismo, violência da polícia, tem seus pescoços constantemente premidos por joelhos e coturnos. Crianças negras despencam de andares altos e morrem. *Black lives does not matter.* A homofobia crescentemente manifestada já nem é punida, viola-se a lei. Há um Deus lá deles incapaz de aceitar a diversidade amorosa. Aparentemente uma divindade infensa ao amor. Idosos morrem feito moscas, para alegria do Ministro da Fazenda. As contas mostram a possibilidade de certo alívio na Previdência.

Praticamente sem encarregado pela saúde do país, larga-se nas mãos de militares não especialistas a obrigação de responder por vidas perdidas diariamente. Inexiste um plano para combater o surto epidêmico. Em breve teremos um número impressionante de mortos, e daí?

Minha tristeza pode também migrar do geral para o particular. E é esta alternância de mágoas, escuridões frequentes no meu olhar, capaz de me enlouquecer. Ontem soube da morte de uma pessoa de quem gostava. Um homem humilde, simpático, boa gente, visto sempre circulando em meu bairro. O Odilon, profissão: chaveiro. Vivia de casa em casa resolvendo problemas, abrindo portas, trocando fechaduras. Sempre rindo, contador de histórias, bem-humorado, querido por todos da redondeza. Obviamente não pode ficar confinado. E no vai e vem circulando por um espaço muito povoado, acabou contraindo o Covid. Não resistiu. Chorei.

Eu não tenho a mínima ideia do que virá depois da pandemia. Talvez, dizem ser muito provável, outra. O aquecimento global já é certeza. Humanos e animais estão vivendo cada vez mais próximos. O mundo habitável tem diminuído. Esta vizinhança encurtada será responsável por doenças desconhecidas.

Aqui, escrevendo em meu mundo muito pequeno, meu quarto, o que era do meu pai, na casa de minha mãe, eu penso no que se transformou a vida. A minha vida. E triste, muito acabrunhado, nesta tarde dominical, neste país vergonhoso, chego à triste conclusão de que *lives do not matter.*

Ligo para Ludmila. Desejo saber como está, se tem se cuidado, estamos todos preocupados com os idosos. Pelo telefone ela me parece triste. Quem não está? Brinca comigo. Afirma estar difícil pintar naturezas mortas. A morte anda presente demais, pontua com seu leve sotaque estrangeiro. Trocamos tristezas e amarguras. Desligo prometendo outra ligação. É o máximo que podemos fazer agora.

Sinto como se houvesse um desastre próximo a acontecer. Medo puro. O resultado é um bolo no estômago, vontade de regurgitar, colocar a infelicidade para fora. A saudade de Linda é tanta... E neste iminente acontecimento capaz de ameaçar os instantes todos do cotidiano há dor, desânimo, desorientação. Nada objetivo, concreto, apenas presságio mau. Passo o tempo aguardando a notícia cruel. Penso muito em meu filho, no Lucas tão querido. A mensagem fatal. Aquela terrível e ameaçadora, embora desconhecida. Debato-me sem saber definir o motivo da pele arrepiada, os cabelos em pé, o susto anunciado. Sucumbo ante a cruel perspectiva de desabar, antecipo o desastre. Antes mesmo de estar consciente do evento ruim em perspectiva que virá, estou certo dele. Incapaz, ele, de assumir qualquer forma, identidade, mostrar-se por inteiro, vil por completo, monstro a ferir. E assim, ameaçado em cada minuto por esta irreal catástrofe a jogar-se sobre mim, tento respirar e percebo o fôlego curto, insuficiente, o ar minguado insuflando o desespero. A garganta seca arfando, apertada, enrolando-se em um nó tão cego quanto a dificuldade de enxergar. Não vejo solução. Pouco ou quase nada entendo. Arrasto-me sangrando e os cortes inexistentes, contudo sejam pouco menos que tristes agouros, deitam rabiscos vermelhos na penumbra do quarto onde me escondo. Feridas prematuras, embora nada exista, tenha acontecido, ou mesmo mereça atenção. Ainda.

Agonia, angústia, ânsia, apreensão. Observo o futuro com desconfiança. Amanhã pode chover e algum morro deslizar. Ou o vírus finalmente aprender a matar as pessoas mais importantes. Ele vem se especializando, multiplicando-se, evoluindo. Quer dar um jeito de perpetuar-se, driblar as vacinas, festeja diariamente a ignorância antivax. Competente o bichinho... E quando penso em coisas assim tão assemelhadas à morte, percebo o coração atropelar. É como se ele, devido ao horror, perdesse momentaneamente a noção de seu trabalho. E distraído pela experiência atroz se contraísse em um espasmo fugaz, felizmente, antes de recuperar o tamborilar monótono da vida. No entanto, saio invariavelmente enfermo desta experiência. Não se passa impune por sobressaltos tão amplos. A gente acaba mais próximo da indesejada, ganha intimidade com o finamento. Até por ter sentido o peito doer, a cabeça latejar, imaginar partidas definitivas, a nossa própria. O luto marcando presença. Nunca lastimamos tanto!

Cansado. Insuportável amanhã se descortina. Se houver futuro, se, já que nada sei do porvir. Talvez o pavor seja apenas maior ciência do tempo, constatar os minutos arranhando a carne, putrefazendo a alma. Outro dia me chamaram de branco velho autoritário. Sobressaltado ante a ofensa, não tive como argumentar. Muito por me sentir gasto, abatido, exaurido. Refém da tristeza, observo o entorno aparvalhado. A sensação de haver perdido muito se avoluma diariamente. Definho, murcho, mirro. Os cabelos grisalhos, a barriga avolumada, costas curvadas, o espelho gargalha. Amanhã minha tia faria aniversário. Mais uma em minha relação de perdas. Contabilidade de afetos ausentes, passados. E a saudade é tão enorme, absurdamente gigante, que tenho medo de chorar e não mais saber dominar o pranto. Tudo aflige.

Tenho andado inquieto. Aquecimento global, fascismo, pandemias, velhice, perdas, tudo junto. Tempo, tempo, tempo. És o senhor das horas.

*

Conversar com Linda é difícil. Vê-la limitada a uma tela do celular dói. Sinto falta do corpo de minha mulher. De nós dois juntos, abraçados, trocando beijos e carícias. Embora fale de meu tesão por ela, não consigo ir muito além. Sexo virtual não é para mim.

Procuro escrever com a porta aberta. Seria indelicado deixar mamãe do lado de fora. Vez em quando ela vem verificar o que estou fazendo. Aproxima-se em seu passo miúdo, senta-se na beirada da cama, próxima à escrivaninha, fica me olhando em silêncio. Muitas vezes não percebo sua chegada e me assusto. Ela ri seu riso gostoso. Divertida com meu sobressalto. Quer saber se está incomodando. E embora esteja de fato, pois interrompo o fluxo do texto, não tenho coragem de reconhecer. Nego. Digo que é por isso que não me tranco no quarto, para que o acesso esteja sempre liberado.

— Você é sempre bem-vinda!

Ela gosta do carinho. Fica ali quieta, feliz com a presença do primogênito. Este retorno fora de hora, imprevisto. Sem mais nem menos triste contingência me fez retornar à casa materna.

— Dos meus filhos você é o mais fácil de se conviver.

Talvez por não gostar de conflitos com quem amo. Embora seja tido como alguém propenso às discussões, mais para o aguerrido, evito certas batalhas. Fujo de arranhar as relações para mim mais importantes. Meus irmãos, no entanto, discutem, dizem desaforos, rapidamente envolvem-se em altercações infindáveis com mamãe. Cada um marcando território, pontuando, desejando fazer prevalecer seus pontos de vista. Teimando. Depois se acertam, fazem as pazes. Eu sempre tive medo de não encontrar o caminho de volta. Até por ser desorientado demais.

Escrever na mesma mesa em que meu pai escrevia é estranho. Muitas vezes, logo eu tão pouco chegado ao insondável, sinto a presença dele. Estou ali quieto, escarafunchando o texto, e me vejo às voltas com o forte cheiro do cigarro que ele jamais apagava. Aquilo me assusta, incomoda, arrepia-me os cabelos. Atarantado, tento raciocinar, buscar o razoável. Deve haver alguém no andar superior ou inferior que fume com a janela aberta. Às vezes chego a esticar o pescoço, varar as guilhotinas de madeira da persiana vizinha à escrivaninha, para olhar para cima e para baixo em busca do disseminador do cheiro de meu pai. Sim, porque ele era sempre seguido por aquele odor. A fumaça escapando entre os dedos, pela boca, nariz. Nunca encontrei vestígio capaz de justificar o sucedido. E não conseguir comprovar minha tese, a teoria do fumante oculto, sempre faz com que me levante, abandone o quarto, dê um tempo em meu trabalho. Puro medo.

No meio da manhã vou ao mercadinho ali perto. Desconfiado, com duas máscaras, o pequeno frasco de álcool gel ao alcance, no bolso. É necessário comprar o que farei no almoço. Cozinhar para mamãe e para mim tem sido prazeroso. Lidar com temperos, sabores, pensar o cardápio cotidiano afasta-me dos problemas. Devora parte do tempo insuportável em sua morosidade. Procuro elaborar dieta não tão calórica, mais rica em proteínas e verduras, já que estou sempre às voltas com o sobrepeso.

No caixa a atendente quer conversar. Todos desejam falar, aproximar-se, o isolamento social exigido pela pandemia tornou as pessoas carentes.

— O cardápio hoje está mais sofisticado.

Deve ter prestado atenção no *funghi secchi.*

— Nem tanto. Inventei um estrogonofe meio diferente.

— Que delícia deve ser!

— Sim. Fica gostoso com filé suíno, a carne possível para meu bolso atualmente.

— Mudando de assunto, o senhor conhece a Patrícia?

— Não.

— Aquela que divide o caixa comigo!

— Sim, sei quem é.

— Não virá mais. Faleceu ontem de Covid.

Saio para a rua assustado. Com a mão em concha esguicho álcool gel em abundância entre os dedos, esfrego obsessivamente uma palma na outra. Comovo-me ao dar-me conta de que os mais necessitados, aqueles que não podem isolar-se em casa, os mais pobres, continuarão morrendo feito moscas. Volto para casa afastando-me de quem se aproxima de mim na calçada, esgueirando-me de todo mundo, agastado com quem passa mais perto. Medo. Muito medo. A vida tornou-se uma coisa difícil, insuportável. E me falta o ar ao imaginar Patrícia entubada no leito do hospital público.

*

Recebo mensagem em que meu advogado deseja tranquilizar-me, afirma inexistir óbice em meu projeto, posso encaminhar os planos como desejo, não corro perigo. Embora seja relativamente competente em matéria de vocabulário, conheça algumas palavrinhas bem pouco utilizadas, e seja até mesmo alguém chegado ao vernáculo, cuidadoso na medida do possível no uso da sintaxe, amante fervoroso da linguagem correta, observo com estranheza a locução empregada. Imediatamente me lembro de algumas armações, pego-me rindo sozinho, seria algum tipo de brincadeira? Com certeza não. Precisaria ter com o causídico certa intimidade. Careço desse tipo de camaradagem com ele. Certamente usou a rara expressão por ser afeito a ela, ou desejar impressionar-me. Caso tenha sido por hábito, causou-me maior efeito. Como alguém pode utilizar termo tão exótico, até mesmo excêntrico, no linguajar cotidiano? Penso um pouco melhor, pondero... Talvez esteja sendo imodesto. Caso alguém viesse afirmar ser óbice coloquial, ordinário, frequentador corriqueiro dos mais prosaicos diálogos, não teria como argumentar em contrário. Ou nossas pequenas impressões são capazes de criar padrões? A palavra ser pouco conhecida apenas porque me é estranha não quer dizer nada, minha percepção é incapaz de determinar juízo de valor. Poderia ser limitação minha, deficiência de cognição ou mesmo de aprendizagem. Não sou nenhum Houaiss, Aurélio, somente um pobre e limitado escritor.

Recorro ao dicionário. Aprendo o significado jurídico: aquilo que obsta, impede; empecilho, estorvo. Está explicado. Há um significado ligado ao jargão utilizado nas peças do Direito. Como não estou familiarizado com o linguajar dos rábulas, virei ponto de interrogação. Nem pedantismo do profissional, nem ignorância minha. Apenas distância entre dois mundos. O do engravatado e o do escritor descalço e de bermudas, já que a pandemia acentuou meu desleixo no vestir. Às vezes perco tempo imaginando como será quando retornar ao uso de sapatos. Meus pés gritam, rebelam-se, só em imaginar o desconforto.

Resolvido o impasse, tendo acrescentado ao meu leque de termos possíveis de serem utilizados uma nova palavra, feliz da vida como sempre acontece nos casos em questão, preparo-me para lascar um óbice na primeira oportunidade. Afinal de contas, se passei pelo desconforto, pela horrível sensação de tropeçar em um obscuro substantivo masculino, torpe palavrinha com apenas cinco letras capaz de colocar-me em apuros, desafiar quem está acostumado a ler, urge descontar o mais rapidamente possível a horrível sensação em algum infeliz. E saborear o prazer de passar para frente a palavra incômoda agora desvendada. Porque assim são as palavras, a gente aprende e quer logo, desde menino, sair usando. Por isso nos deparamos com situações tão engraçadas nas historinhas infantis. A criança ouve uma coisa diferente do original e sai repetindo. Já desejei saber outrora, a razão de serem os três reis magros. E cantando João Gilberto, pedi para não deixarem a mamãe frita ao invés de aflita.

Toca o telefone. Do lado de lá a mocinha deseja que eu escute uma proposta de empréstimo consignado:

— *Eu quero estar fazendo* uma proposta para o senhor. Posso?

— Sem óbice — respondo.

— Como?

— Não há óbice — insisto.

A ligação cai.

Mateus, nosso filho mais novo, liga em seguida. Brinco com ele, finjo não reconhecer quem está do outro lado.

— Quem é vivo sempre aparece, não é mesmo?

Reclamo o tempo sem notícias. Ele tenta se justificar, não consegue. Percebo que não está bem. A voz triste, sem a exuberância costumeira.

— Como você está, meu filho?

— Minha vida está uma merda, pai!

A resposta me surpreende, machuca, meus alarmes de genitor são todos ativados. Respondo rápido sem pensar muito, procuro contemporizar.

— Acho que a de todo mundo.

Ele tem uma empresa de eventos.

— Não trabalho desde que a pandemia começou. Mandei todo mundo embora. Estou quebrado.

— Está complicado para todo mundo. Suspenderam feiras literárias, cursos, palestras, também estou parado. Mas no que posso ajudar. Deveria ter me ligado antes. Você tem mania de tentar resolver tudo sozinho. Sabe que pode contar com a gente.

— O seu apartamento e da mamãe está fechado, posso invadir?

— Sempre. Mesmo que estivéssemos lá. O quarto de hóspedes é seu.

Informa que está cortando despesas. Quer devolver o imóvel que aluga. Diz isso com amargura.

Sei do amor que meu filho tem pelo seu canto. Planejou cada detalhe, mobilhou, sempre recebeu com orgulho a família, vaidoso do caminho trilhado. Preocupo-me em notar que está deprimido. Quando faço menção ao fato se esquiva. Não deseja que interfiram em seu processo, sabe se cuidar. Percebo muito de mim nele. O orgulho, dificuldade em reconhecer fragilidades. Será que sem sentir passei as mesmas expectativas que incutiram em mim? Certamente. A gente só consegue ser e ensinar o que é. Pena. Teria sido bom se houvesse transmitido mais cuidado e carinho por si próprio.

— Só quero que saiba que pode contar com a gente.

— Eu sei. Sempre soube. Por isso liguei.

Acertamos alguns detalhes práticos, ele fica de passar para buscar as chaves. Convido-o para almoçar e ele recusa. Não quer expor a mim e a avó. Além de tudo a pandemia separou as famílias.

Desço até a portaria. Encontro-o mais magro e abatido por trás da máscara cirúrgica. Desejo abraçá-lo, estreitar meu menino em meus braços, mas ele me afasta. Cumprimenta-me encostando o cotovelo direito no meu. Ante minha revolta pela situação pondera:

— Tenho andado pelas ruas. Se souber que peguei Covid e passei para você e vovó sou capaz de morrer de desgosto e culpa. Aliás, mande um beijão para ela, diga que estou com muita saudade. Assim no singular, saudade. Que ela não gosta de saudades, diz que saudade é uma só.

Fico feliz com a observação. Curioso observar como coisas que nos formaram, fizeram parte de nossa constituição, se repetem. Ver o Mateus atento à forma saudade, em detrimento de saudades, exatamente como me foi ensinado, traz o conforto de saber que a vida continua. A gente permanece nos filhos.

Depois de infinitas recomendações que passo agoniado ao meu caçula, todas elas ouvidas com condescendência e certa pressa, ele louco para que eu pare de falar, nos despedimos. Meu filho, depois de ter batido asas já faz algum tempo, vai continuar seu voo solo. E eu quase morro com a vontade de voar por ele, resolver os problemas dele. Nada pior do que a solidão de um pai que não pode interferir para salvar um filho das maldades da vida. Algumas batalhas precisam ser vencidas por nós mesmos.

Pego o elevador agoniado, carregando o mundo nas costas. Triste. Vivemos um tempo terrível.

Mais tarde, quando converso com Linda pelo *Face Time,* preocupado em colocá-la a par da situação, sou surpreendido:

— Eu já sabia, falo com o Mateus quase que diariamente. Ele sempre liga para saber de mim e do irmão. Tem me dado uma força danada por aqui, é muito presente.

De alguma forma me sinto criticado. Por trás das palavras de minha mulher há certa queixa.

— E eu não sou?

— Menos do que ele, já que você perguntou.

Linda acha que ouço pouco. Quando conversamos estou ansioso em falar das coisas que acontecem comigo, e não me interesso tanto com o que acontece por lá. Acho aquelas observações injustas. Nos despedimos estremecidos. Difícil discutir relacionamento à distância.

Como sempre acontece fico amuado em meu canto. Mamãe percebe. Curiosa, quer saber o que está acontecendo, se o Lucas está bem. Tranquilizo-a. Comento sobre a situação do Mateus. Ela ouve como pode. Sem o aparelho que insiste em esquecer de colocar, me faz repetir as frases várias vezes. No final, pega em minhas mãos e afirma que tudo irá se resolver.

— Como você sabe?

Ela ri.

— Não sei, mas sinto.

Quando fico novamente sozinho remoo as palavras de Linda. E minha maneira de ser se agiganta trazendo-me culpa. Talvez esteja mesmo sendo menos companheiro do que deveria ser. A nossa conversa precisará ser retomada.

*

Pego o carro, vou para a farmácia. Receitas necessárias, medicação controlada, morosidade no atendimento. Tenho sempre a impressão, em tais momentos, na hora de comprar os remédios, de viver em um país sério. Ninguém leva nada para casa sem assinatura, inscrição do CRM e carimbo do médico no receituário, tarjas pretas e vermelhas, prescrições são verificadas pelo atendente, checadas novamente por outro, endereço, número de documento, telefone, uma chatice sem fim. Acabam sempre descobrindo alguma inconsistência, a impressão passada é de não desejarem fazer a venda. Dito e feito. Não poderia levar três caixas de cada como anotado no pedido. Droga! Em todos os sentidos. Há uma portaria vigorando, ou seja, um ato administrativo com força de lei, impedindo as substâncias tarjadas de serem vendidas para mais de dois meses de uso. Da forma como o doutor havia prescrito, durariam três meses. Como sempre faço em ocasiões que me exasperam, muno-me de grande humildade, represento o velhinho desamparado e pergunto candidamente se não poderiam então comercializar apenas duas caixas. Podiam! A cesta fica cheia. Depressão, insônia, pressão alta, colesterol, analgésicos, álcool gel, desodorante, pasta de dente, fio dental, aparelho de barbear, todos os males e rotinas de higiene atendidos. Um bimestre longe do comércio do farmacêutico!

No caixa repito o nome do convênio, o CPF, aguardo a atendente sorridente, presumo que esteja sorrindo por traz da máscara descartável, ir lendo com o aparelho móvel o código de barra de cada um dos itens. Assusto-me com o crescimento acentuado do valor a ser pago mostrado no visor. Divido a compra em parcelas, deixo o recinto atordoado. No estacionamento entro no carro ainda com as mãos úmidas do desinfetante, ajeito o pano protetor sobre o nariz, impaciento-me com a insistência dele em permanecer escorregando. O valor pago na compra lateja em minha cabeça, nos bolsos, em todos os lugares.

Vivemos um tempo horroroso. A pandemia arrasta-se, parece comprazer-se em nos matar de forma lenta, aos pedacinhos, verdadeira tortura. Particularmente sou um sujeito impressionável, esforço-me para existir alheio aos noticiários, mas nem sempre consigo escapar das manchetes. E elas, invariavelmente, até por eu ser também curioso, empurram-me para textos cruéis, mesquinhos, fartos em descrições sádicas, desgraças capazes de me consumir, embrulhar-me o estômago, toldar meu espírito. Manaus, por exemplo. Se por desventura caio nas armadilhas espalhadas por aí, nos relatos detalhados, naquilo sucedido no escuro cotidiano "covídico" da realidade dos hospitais, mergulho em enorme tristeza, medo, perco o sono. Alterno com relativa frequência noites insones, amargura, com sonos cheios de pesadelos, o mundo reveste-se de cores sombrias, frequentemente sou levado ao choro. Sofrimento terrível. Tornei-me um vivente instável. Imagino cilindros transparentes de oxigênio vazios. Fico observando o gás de minha fantasia ir diminuindo, secando, asfixio.

Entre as substâncias capazes de me aparelhar para enfrentar os transtornos do meu dia a dia, encontram-se aquelas capazes de livrar-me da depressão e das noites em claro. São importantes. Sem elas respiro mal, falta-me o ar, tendo a sufocar. Repito involuntariamente sintomas do Covid-19, acabo gastando em vão dinheiro para fazer o RT-PCR, sorologia capaz de identificar o material genético do SARS-Cov-2 na amostra do paciente. Como os sintomas são apenas psíquicos, jogo numerário fora pagando o teste. Preciso é de antidepressivos e soníferos, meus companheiros na batalha diária. Solução comum a tantos outros combatentes.

Socorro caro. Deixo fortunas na drogaria. Mas perderia definitivamente o sono e ficaria tomado pela melancolia não fossem as drogas adquiridas. Então percebo, com o bom humor providenciado pelo entorpecente, alucinógeno, estimulante, seja lá o que for, ter caído em um círculo vicioso. O mal me conduz ao tratamento, o custo do tratamento me leva também ao mal. Terapia não basta. Preciso, definitivamente, de vacina.

*

Mateus telefona. Quer alterar nosso plano de *Internet*. Acha que está caro, subutilizado, critica nossa propensão a despesas descontroladas. Como sei que ele irá pagar dali para frente, concordo com a mudança. Avisa que já está morando em nosso apartamento. Desejo-lhe sorte, peço que se proteja.

Não sei a razão de ter pensado, assim sem mais nem menos, em hombridade. Talvez ter falado com meu filho tenha ajudado. Tenho orgulho dele. Observar sua luta, as batalhas que vem enfrentando comovem meu coração de pai. Refletindo chego à conclusão de que as questões de caráter estão fora de moda, não há muito cabimento em se gastar tempo observando-se o ser humano sob a perspectiva de comportamentos adequados ou não. Partindo-se do princípio de que retidão de caráter é produto cada vez mais raro no mercado, não deveríamos nos surpreender quando encontramos pessoas com a dignidade comprometida, ou mesmo totalmente afeitas ao torpe e indecoroso. O mais curioso é que tais tipos, os infames, encontram-se ao ar livre em profusão, são já maioria, embora nós, os renitentes, teimemos em condená-los. Em vão. Seguem impávidos, colossos de boçalidade e atitudes reprováveis.

Cresci em uma casa abastecida por livros. Um esforço coletivo familiar nos direcionava para a leitura. Nas prateleiras das estantes onde os clássicos e a literatura mais recentes conviviam, era possível se encontrar histórias bem escritas. Rapidamente o senso crítico se instalou em nosso espírito. Saber distinguir entre o certo e o errado era importante para quem teve meu pai e minha mãe como orientadores. Não os envergonhar, respeitar os valores por eles transmitidos, ficou automático. A gente nem precisava pensar, agia corretamente quase por intuição.

Entre os escritores mais admirados em nossa casa, destacava-se Tolstói. Talvez por isso eu goste tanto de Ludmila Karpov, a pintora russa do meu quadro encontrado.

O magnífico criador de *A morte de Ivan Ilitch* acabou tornando-se unanimidade, todos tínhamos por ele enorme consideração. Rico, pertencente à nobreza, famoso em vida, observava as pessoas do povo com profundo respeito, retratava os mujiques com carinho e conhecimento. Em uma carta enviada a um amigo declarou: "*A verdade é que o Estado é uma conspiração desenhada não somente para explorar, mas acima de tudo para corromper seus cidadãos... De agora em diante, eu jamais servirei a nenhum governo em nenhum lugar.*" Seus conceitos de não-violência e pacifismo influenciaram Mahatma Gandhi, que chegou a se corresponder com o escritor em busca de conselhos. Deixando-se de lado os aspectos complicados de sua personalidade, e mantendo foco apenas no estético de seu trabalho, olho para trás com a certeza de que sua influência foi positiva em minha formação. Era um homem preocupado com a verdade, morreu aos oitenta e dois anos quase obcecado por ela.

Mentir é uma falha grave de caráter. Por mais que as redes sociais aparentemente tenham banalizado o ato, há no *fake* uma atração capaz de corromper a todos, incapazes de verificar a veracidade dos fatos. Encontrar governantes habituados a divulgar falsidades impunimente, embora comum, ainda me avilta.

Jamais me acostumarei com seres humanos sem hombridade. Grandeza e retidão deveriam ser condição obrigatória para ocupar-se a hierarquia mais alta de uma nação. Quando vejo um presidente dizer coisas a esmo, como balão de ensaio, apenas para ver o resultado da fala, arrepio-me. Ensinaram-me a ser totalmente responsável pelo que digo. A gente deve procurar fazer certo da primeira vez, para não precisar se desculpar ou recuar. É um princípio de seriedade.

Linda liga. A gente conversa, avança e recua, discute a relação da maneira possível, remotamente, estamos bem, me parece. Certeza só teremos quando voltarmos a estar juntos. O afastamento certamente trará sequelas.

Leio um trecho do que estou escrevendo. Busco sua opinião. Sinto falta de minha avaliadora preferida. Ela sempre me leu quase que imediatamente.

— Hombridade é prova confessa de machismo, — pontifica —, significa retidão de caráter associada ao viril, ao másculo. Onde diabos você foi desenterrar termo tão impróprio?

Fico sabendo que Lucas não passou muito bem. O tratamento é violento, nosso filho muitas vezes fica bem fragilizado. Ao saber começo a chorar. O silêncio que se segue é difícil, constrangedor para nós dois.

— Você precisa ser firme — Linda me cobra com suavidade —, não posso ser tentada a não comentar as coisas. Preciso dividir a carga.

Tento controlar a emoção. Me desculpo. Merda!

Linda desliga e a imagem de nosso filho pálido, com profundas olheiras, debilitado, me persegue. Queria poder pegar um avião e ir vê-lo. Impossível! Fronteiras fechadas.

*

Coloco a máscara e vou ao mercadinho. Compras de última hora, basicamente temperos. No caminho sou surpreendido por um casal de tucanos. Eles passam voando e pousam em uma árvore bem perto de mim. Paro e fico contemplando-os. Lindos! Nunca havia visto as aves fora dos livros. Bem menores do imaginado, observo. Cores fortes e marcadas. Os bicos do casal imensos. Imagino se não dificultam o voo. Certamente não. Haviam acabado de interromper um movimento gracioso antes de chegarem ao galho onde, lado a lado, trocavam bicadas-beijos. Foi como se os ponteiros do relógio parassem. Esquecido, queixo apontado para cima, respirando mal debaixo do pano a cobrir-me nariz e boca, sinto uma espécie de carinho imenso por aqueles pássaros. Tenho certeza de haver sob a proteção contra o vírus um sorriso meio bobo. Não sei se sou eu quem está ali. Perco a noção de mim, do tempo, do espaço ao redor. Eu e os tucanos. Só. E apaixonado pelos bichos, preocupo-me com sua presença na cidade. Por quê? Expulsos de seu habitat natural encontraram alimento mais fácil por aqui. Somos um país de queimadas e violência. Mas aquela beleza me faz um bem danado. Estava precisando de alguma coisa bonita.

A notícia chega da Itália. Tardelli, meu amigo dos tempos de escola e mais tarde de noitadas, matemático talentoso, professor na universidade, foi internado, passa mal, está entubado.

Alguns médicos amigos brasileiros acompanham o Tarda, — *mas não falta,* como ele sempre diz. Ligam para a cidadezinha onde está internado, trocam informações com os médicos italianos. Há uma comoção grande entre nós, esforço empenhado em tentar salvar nosso companheiro. Inútil. Ele acaba morrendo.

A memória me traz, nublada por lágrimas, fragmentos de nosso convívio. Um dos mais moleques em classe. A professora de inglês era bonita. Quando ela se sentava para fazer a chamada, ele abaixava-se para apreciar as pernas dela. E fazia caretas que insinuavam tesão. A gente acabava rindo muito. Ela devia perceber, mas fingia não notar. Manobra inteligente. Melhor maneira de lidar com aquilo sem maiores consequências.

Mais tarde, já todos no primeiro ano da faculdade, durante as férias, resolvemos fazer uma viagem para conhecer as cidades históricas mineiras: Tiradentes, Mariana, Sabará, Ouro Preto, São João del Rei, Diamantina. Dezesseis rapazes e moças em duas Veraneios, oito em cada. Era o maior automóvel da época.

Em Mariana ficamos hospedados em um convento. À noite o ambiente era assustador. Muito escuro, sombras estranhas, e o Tardelli era medroso demais. Eu me divertia assustando-o. Ele era gordo e eu adorava ver suas banhas tremerem. Um dia perguntei do que tanto ele tinha medo.

— De morrer — respondeu.

A gente não está preparado para a partida de quem tem a nossa idade. É uma tragédia que nos coloca em contato com nossa própria finitude. E mais uma vez, como acontece quase que diariamente nesta pandemia, tive medo de morrer também. Asfixiado. Pavor.

Sinto falta de meus alunos. Dar aulas é um grande barato. Poucas vezes fui tão feliz como em sala de aula.

Quando a faculdade resolveu diminuir o quadro de docentes, graças ao minguado número de interessados no curso de Letras, sinal dos tempos em um país cada vez menos interessado em textos, demitiram-me. Era o professor mais recente, com menor tempo de casa. Achei o critério justo. Tive sorte. Em seguida começou o flagelo do SARS-Cov-2. Eu não teria gostado de ensinar *online*.

Pensando em meus alunos recupero o primeiro dia de aula pós-eleições. Os estudantes haviam torcido por resultados menos conservadores. Logo ao chegar à escola, soube da convocação. Estávamos convidados a fazer uma reunião com todos no salão da cantina. Queriam conversar, desabafar, falar sobre o ocorrido. Fui com meus colegas, nenhum professor faltou. Lá, comentamos perigos, necessidade de cuidados, desilusão, racismo, homofobia. Vários fizeram questão de se manifestar. Lágrimas correram. Foi bonito. No final houve um emocionado abraço coletivo. Todos deram-se a mão e gritaram:

— Ninguém solta a mão de ninguém!

Naquele momento assumi o compromisso comigo mesmo, sentindo o estômago embrulhado e a voz embargada, de não me calar. Sabe aquela coisa da música cantada pela Gal Costa? "É preciso estar atento e forte, não temos tempo de temer a morte..."

Amigos já me pediram para maneirar, alertaram-me sobre perigos, seria melhor deixar as barbas de molho. Mas meu rosto é escanhoado. Não posso olhar as piscinas cheias de ratos e silenciar. As ditaduras e os governos fascistas trazem mazelas e elas levam muito tempo para serem dizimadas. Vai ser muito difícil sair do retrocesso.

Depois daquela reunião com os alunos a gente ficou mais forte. É bom quando podemos perceber um grupo caminhando e cantando juntos.

*

Sinto falta do meu canto em casa. Escritório, meus papeis, minha mesa de trabalho. O quadro de Ludmila agora ali naquele espaço. Na parede à direita da escrivaninha. Vivendo em casa de mamãe, sem

Linda, estou cada vez mais bambo, solto no ar, deslocado. A contabilidade das privações é enorme. Há quatro meses vivo um tempo de espera, suspenso, a vida esquecida do curso normal dos acontecimentos.

Ligo para Ludmila. Ela está falante. Comenta sobre seu trabalho, nunca pintou tanto. Quer saber se tenho escrito. Explico que pouco. A minha expectativa era de conseguir produzir bastante em casa, isolado, longe do trânsito, mas a pandemia tem me deixado atarantado. Ou a doença de meu filho, a ausência de Linda. Ela me ouve com silêncio respeitoso. No íntimo deve lamentar a minha situação. Ando mesmo em um beco escuro demais.

Ela retoma o rumo da conversa. Conta ter pintado cerca de dez novos quadros. Pretende completar a dúzia de telas e fazer uma exposição quando o *flagelo desta doença maldita acabar.* Gostaria que eu escrevesse textos sobre cada obra. Quer saber se aceito. Entusiasmo-me com a ideia. Falo de uma pequena galeria de arte que conheço nos Jardins. O dono é meu amigo, poderíamos fazer lá. Ela exulta, mas diz ser apenas uma pintorazinha da zona leste. Expor na região nobre da cidade é muito para ela. Insisto, sabendo ser aquilo apenas charme.

— Se você, Rodrigo, acha que eu caibo lá...

— Cabe!

Avisa que irá fotografar os quadros e mandar-me o resultado para que eu vá escrevendo. Peço que não demore muito, estou louco para ver e iniciar o trabalho.

Desligo feliz. A ligação me fez bem. Ter um projeto, perspectiva de criar alguma coisa nova, diferente do que faço normalmente, me entusiasma.

Ligo para a Finlândia. Desejo contar para Linda o planejado com Ludmila. Ela dá notícias do Lucas. Valente o nosso filho, está enfrentando tudo com coragem, força, não desanima. O tratamento vai indo muito bem, o tumor diminuiu com a quimio, já quase não se percebe. Mais um pouco e estará debelado. Totalmente. Aproveito para perguntar do Tiago. Nosso neto e ela estabeleceram uma relação amorosa incrível. Passam o dia juntos. Ela está visivelmente apaixonada por ele. Conta coisas da rotina dos dois. Gracinhas, macaquices, damos risada juntos. Ela está em um momento bom. Feliz. Acaba me contagiando. Entusiasma-se com minha parceria com Ludmila.

— Os caminhos de vocês se cruzaram de uma forma muito especial — comenta.

Desligamos declarando nosso amor.

— Não vejo a hora de que você volte — afirmo em tom de lamúria.

— Agora falta pouco — ela tenta me consolar.

As fotos chegam e acho curiosa a nova fase de Ludmila. Perdeu a ingenuidade das naturezas mortas conhecidas e que têm no meu quadro um representante. As figuras são agora abstratas, cheias de círculos, a escuridão aparece na tela com muita frequência. Traços negros e desordenados. Exibem toda a angústia da pintora. De certa forma, analiso com a incompetência minha relativa ao texto visual, mostra a artista vivendo os horrores da pandemia. Há vestígios de grades nas figuras. Estamos todos aprisionados. Não deve estar fácil para ela viver na clausura. Ninguém é feliz preso.

Quando conseguiremos expor aquela arte amargurada? O resultado me deixa motivado. Preciso escrever alguma coisa que preste a respeito.

E embora a memória me traga os primeiros escritos, quando na escola o professor pendurava uma paisagem na lousa e nos pedia para fazermos uma composição, encontro alguma dificuldade ante as pinturas de Ludmila. Uma coisa é apenas descrever, inferir uma ou outra coisa, como fazíamos nos tempos de menino, outra é trazer juízo de valor. Preciso me posicionar frente a obra da pintora russa como alguém diante da arte. Descrever o que as telas me dizem. E elas dizem muito, de forma desordenada, contudo. Ser provocado por aquelas sensações frente às imagens acaba me fazendo bem. Trabalhando no texto, olhos alternando-se entre figuras e palavras, mal vejo o tempo passar.

*

O telefone toca, atendo. É o Resende, escritor amigo. Temos sempre muito a dizer, a conversa flui agradável, literatura como tema.

— Maravilha o último livro do Pedrosa, você leu? — pergunto.

— Não.

— O *Mexerica da serra*? — Insisto.

— Não li e não gostei.

— Posso saber por quê? — Irrito-me um pouco.

— O Pedrosa é uma cavalgadura, não escreve literatura.

— Como você sabe se não leu? — Questiono.

— Qualquer um com razoável capacidade de leitura é capaz de saber disso.

— Então eu não sei ler, é isso? – Desafio.

— Sabe, mas é benevolente demais, vive se equivocando.

— O que você conhece do rapaz? — Desejo saber.

— Folheei o *Brumas na ladeira* mas não conseguiu me prender, um amontoado de lugares comuns e silogismos. Muito ruim.

— Então é isso, você exclui da literatura um escritor de quem não leu nada até o fim? Simples assim. Bela atitude!

— Não posso excluir de um lugar quem nunca esteve nele.

— Pois saiba que devia ler o *Mexerica da serra* — continuo insistindo.

— Passo. Aposto que o livrinho não tem um pingo de literariedade.

— E que diabo é isso?

— Eu aqui perdendo meu tempo com quem não conhece os formalistas russos — ele me desafia.

— Não preciso andar com o Roman Jakobson debaixo do braço para julgar um texto — aceito a provocação.

— Por isso julga errado.

— Vamos, me diga o que é essa porcaria que chama de literariedade!

— É um conceito meio subjetivo, não sei se você está apto a alcançar.

— Caralho! — Explodo.

— Pronto, começaram os palavrões, é sempre assim quando seus argumentos escasseiam, parte para a ignorância.

— Só queria que você me dissesse que diabo precisamos perceber na obra para que ela contenha literariedade – abrando um pouco.

— Saco!

— Vamos, defina! — Provoco.

— Algumas características bem alinhavadas: linguísticas, semióticas, sociológicas...

— E você analisa tudo isso quando lê um livro? — Duvido.

— Sim.

— E continua gostando de ler? — Divirto-me.

— Obviamente. Leio os clássicos, o que está no cânone.

— Aquela listinha de livros escritos por brancos europeus, homens, raríssimas mulheres, você vai sentir falta de autores africanos e asiáticos no seu cânone – comento com todo meu sarcasmo.

— Pronto! Agora você quer discutir política. Não é páreo para literatura e apela para julgamentos de esquerda. Vamos nos ater ao seu querido Pedrosa, já que ele acaba na Academia.

— Pois considero o *Mexerica da serra* um dos textos mais estéticos que li ultimamente.

— Aquele analfabeto não sabe desenhar um "o" com um copo, como poderia produzir beleza? — Declara o meu amigo.

— E você quer discutir beleza?

— Claro! É o que mais se discute — reafirma.

— Então prove que minhas escolhas estéticas estão erradas. Duvido que consiga.

— Você é síndico do seu prédio. Quer maior cafonice e prova de falta de gosto? — Resende surpreende-me.

— Não sei se mando você à ou para.

— Onde?

— Puta que o pariu!

— É por isso que gosto de conversar com você, rapaz inteligente capaz de ver beleza até em uma mexerica, mesmo que seja da serra – diverte-se.

— Eu também aprendo muito com você, renovo meu estoque de ironias.

— Agora falando sério, difícil encontrar alguém hoje em dia capaz de conversar sobre literatura.

— Ninguém mais lê uma linha. Teremos que aprender a falar sobre futebol. — Lamento.

— Eu até que me viro bem.

— Você sabe tudo, não é mesmo?

— Pena o Ronaldo ter se mudado para Portugal. Ele faz falta em nossos papos. E me ajudaria com o vinho, nunca vi escritor abstêmio, só você — julga-me.

— Já bebi minha cota nessa vida, chega!

— Será que ele já está falando com sotaque luso?

— Meio luso, meio mineiro. Precisamos nos encontrar mais vezes. Você vai ler *Mexerica na serra* — concluo.

— Claro que não! — Responde rindo.

— Canalha!

E terminamos declarando nosso afeto e alegria por podermos conversar.

— Essa pandemia está me deixando louco — sussurra Resende.

— Você sempre foi — e caio na gargalhada.

*

Aqui fechado no escritório que foi de meu pai, na casa de minha mãe, sinto como se as paredes desejassem me engolir. E a solidão é tão grande que quase é possível observar o escritor enjaulado, correndo para todos os cantos como um ratinho de laboratório, guinchando, desesperado, não aguento mais passar meus dias da sala para a cozinha, de lá para o banheiro, para voltar para a escrivaninha e tentar alinhavar textos. O mundo se transformou em um tempo de espera. Só que já não sei mais aguardar. A paciência acabou e minha vontade de encontrar Linda é tão intensa, incomoda a ponto de me fazer faltar o ar. Tenho respirado mal. A vida que puxo não me desce satisfatoriamente pela garganta. Vai aos trancos, insuficiente, me deixando ávido por oxigênio.

Ligo sabendo que não vai adiantar. Pelo contrário, sentirei mais falta ainda de Linda quando desligar. E na hora da conversa virá o bloqueio. As ideias irão se confundir, esquecerei detalhes importantes, ficarei praticamente congelado na tela. E não será por falha na comunicação da concessionária. A ansiedade em contar tudo o que preciso suplantará a necessidade de ouvir. Ela também precisa falar. Está longe, em país estranho, enfrentando os problemas de saúde de nosso filho, convivendo com uma nora estrangeira, de cultura diferente, cuidando do neto pequeno, e trabalhando. Atende seus pacientes remotamente. Meu egoísmo, contudo, me cega. Feito menino choramingo minhas faltas todas, aos trancos, corto minha companheira na hora de acolher, não sei ficar firme, apenas atento. E desligo consciente de ter falhado em tudo. Não fui marido, pai, adulto. Maldigo a pandemia, a doença do Lucas, minhas fragilidades todas. E fico com vergonha de não ser mais adequado.

Linda avisa que está pensando em voltar. Pede-me para pesquisar passagens e horários. Finalmente uma boa notícia. Lucas está bem, o tratamento surtiu resultado, ele faz agora apenas manutenção. Embora tenha certeza de ter falhado mais uma vez no apoio que deveria fornecer à minha mulher, fico feliz. Muito.

Inusitadamente resolvo dormir um pouco depois do almoço. Não é meu costume, geralmente acordo indisposto depois de sonos vespertinos. Mas estou cansado, agitado, a cabeça fervilhando com as emoções provocadas pela expectativa da volta de Linda.

Fecho a janela do quarto, dispo-me, enfio-me debaixo das cobertas. E sonho. Logo eu, tão econômico em relação aos passeios que o inconsciente dá quando dormimos, acordo tendo muito nítida a narrativa de minha visão enquanto repousava. E como ela é demasiadamente real, colorida, rica em detalhes e está ali incrivelmente consciente, totalmente recordada, procuro lápis e papel e anoto. Desejo conversar mais tarde na terapia. Quem sabe Lívia, a terapeuta, consiga interpretar aquela fabulação e me surpreender?

As sessões agora são feitas online. Se estranhei no início, achando tudo muito concentrado na tela, as agonias ali ampliadas no rosto, o resto do corpo e o ambiente físico postos de lado, aos poucos me acostumei. Não pretendo, a não ser que Lívia me convença em contrário, retomar as visitas presenciais. Longe do trânsito, o ir e vir atirando meu tempo pela janela do carro, vejo simplificada a rotina de nossas conversas. Lívia às vezes tenta me orientar, pede que esqueça um pouco o computador, concentre-me apenas na voz, relaxe com relação à minha própria postura. Nem sempre consigo. Quando percebo estou buscando melhor enquadramento, procurando sentar-me de forma menos displicente, de certa forma sou comandado pelo visual. Mas não me parece que tal preocupação interfira no diálogo. Se nunca chorei no consultório, divertindo-me e fazendo pouco daquela caixa de lenços de papel ao meu alcance, continuo sem chegar ao ponto de submeter-me à emoção a ponto de deitar lágrimas. Talvez devesse, para isso estamos ali escarafunchando sentimentos.

Lívia me pergunta se não sinto falta do abraço, do calor do contato físico.

— Não — respondo seco, cheio de ironia na voz.

Ela pede que explique o que vai por minha cabeça.

— Adoro o isolamento social. Se de toda tragédia pode-se tirar algum benefício, a necessidade de não encontrar com pessoas é uma bênção que comemoro diariamente.

— Você gosta de frases de efeito. Fica difícil para o nosso trabalho essa insistência em compor uma personagem.

Ela tem razão. Quando vejo, sem querer, estou representando um papel. É automático. Necessidade de ficcionar uma realidade que no fundo desprezo. O meu Rodrigo em embalagem para venda é melhor do que o nu. Pelo menos é como me parece a maior parte do tempo. Só consigo ser eu mesmo assim, não sendo inteiramente, vestindo uma fantasia.

— Este meu jeito é que está em questão, Lívia.

— Como assim?

— O que me faz desejar ser sempre o menino mau.

Quando vejo estou falando do meu sonho.

Eu precisava comprar um relógio, uma de minhas manias. Entrei em uma dessas lojinhas coreanas, pródiga em artigos falsos e contrabandeados. Logo vi exposto um Rolex. Sempre desejei ter um. Cópia perfeita do original. O mostrador de data em relevo no vidro, a pulseira com o logo no fechamento, ninguém seria capaz de perceber não ser autêntico. Perguntei o preço e me surpreendi com o valor. Por que tão barato? Por ser tão perfeito que estimula os assaltos. O bandido pensa que é real, para o proprietário na rua, rouba a joia enganadora. Ninguém reage, entrega a falsificação sem grandes sustos, a perda é pequena, podem comprar outro facilmente. Não resisti. Agarrei o meu. Acordei procurando no braço a relíquia

— Por que para você este sonho é tão importante? — Lívia pergunta.

— Por ser muito raro eu sonhar, e mais ainda me lembrar tão nitidamente.

— Aprofunde um pouco mais, pense no assunto, por quê?

Mais uma vez tenho que me encher de paciência. Embora seja estimulado a contar meus sonhos quando lembro deles, Lívia sempre me pede, não creio que meu inconsciente seja assim tão capaz de apontar caminhos para o consciente. Considero Freud um dos maiores gênios da humanidade, mas todo cientista precisa se agarrar em alguma teoria caso deseje "causar", como dizem meus sobrinhos. Ele observou, deve ter encontrado alguma lógica, passou a perscrutar os sonhos de seus pacientes. E agora minha terapeuta, seguindo o que aprendeu na escola, deseja fazer o mesmo comigo. Excepcionalmente, desconheço o senhor em frente à tela, decido tentar colaborar.

— O Rolex representa o tempo. Mas não é um tempo verdadeiro, é um tempo falso. É como venho me sentindo há algum tempo. As horas estão ali disponíveis, mas não servem para nada. Não as ocupo como poderia.

— Mas por que Rolex?

— Talvez, por certa vontade de me sentir mais importante, a vaidade costumeira, dou ao meu tempo um enorme valor. É um tempo magnífico, reluzente, ofusca tudo ao redor.

— E quem rouba esse relógio?

— O ladrão enganado deve ser eu mesmo. Gasto os minutos atarantado. Preocupado demais com a morte, com o susto de ver as pessoas partindo, o país se acabando sem vacina, sofrendo com ausências. Tudo é um grande câncer, enorme Covid. E não produzo o que deveria produzir. Meu texto, estou confinado e poderia passar o dia escrevendo, se encolhe, foge de mim.

— Do que você tem medo?

— Difícil reconhecer, mas é medo mesmo. Verdadeiro assombro. Me assusta demais a possibilidade de repetir em minhas histórias o sofrimento que me rodeia. Estaria revivendo o pesadelo. E assim limito-me a tangenciar a realidade, produzir coisas sem profundidade, não mergulho em mim e trago para fora a dor. Acabo produzindo uma prosa bamba. Um Rolex falsificado. E nem é Rolex, relógio vagabundo mesmo, meu orgulho é que o transforma em um utensílio de luxo, mas não passa de uma falsificação.

— Se tivesse que resumir em poucas palavras o que sobraria do sonho?

— Meu tempo é um Rolex falso.

Despeço-me de Lívia e saio do aplicativo impressionado.

*

Ludmila telefona curiosa. Deseja saber se já escrevi alguma coisa para a exposição, gostaria de ouvir, deseja que eu leia. Digo que posso enviar para seu email. Ela refuta. Quer ouvir com a minha voz, eu dizendo as palavras.

As imagens de Ludmila Karpov possuem estranha eloquência. Imagino que se estivesse andando, e um quadro dela estivesse apoiado em um muro em alguma calçada encardida, ele me atrairia. Seria obrigado a parar e observar as figuras que tão bem deita na tela. As cores, formas, tudo em pinceladas firmes e carinhosas. Ludmi-

la pinta com a força de quem quer interromper o nosso caminho e nos obrigar a dar atenção ao seu trabalho. E vale muito, muito a pena parar e dedicar um tempo à observação de sua arte. Ludmila é um talento que precisa ser considerado. Neste momento difícil, quando o mundo tornou-se um lugar tão feio, a beleza produzida por esta artista madura traz esperança. Encantado, Ludmila.

— Você me emocionou — diz com a voz embargada.

— É o que sinto.

— Agora entendi tudo.

— Como assim?

— Eu nunca fiquei sabendo quem deu para você o quadro de presente.

— Não achei importante dizer. Foi...

— Não invente um nome, por favor, você encontrou o quadro na calçada.

CADERNO TRÊS

Há sempre algo ausente que me atormenta

Camille Claudel

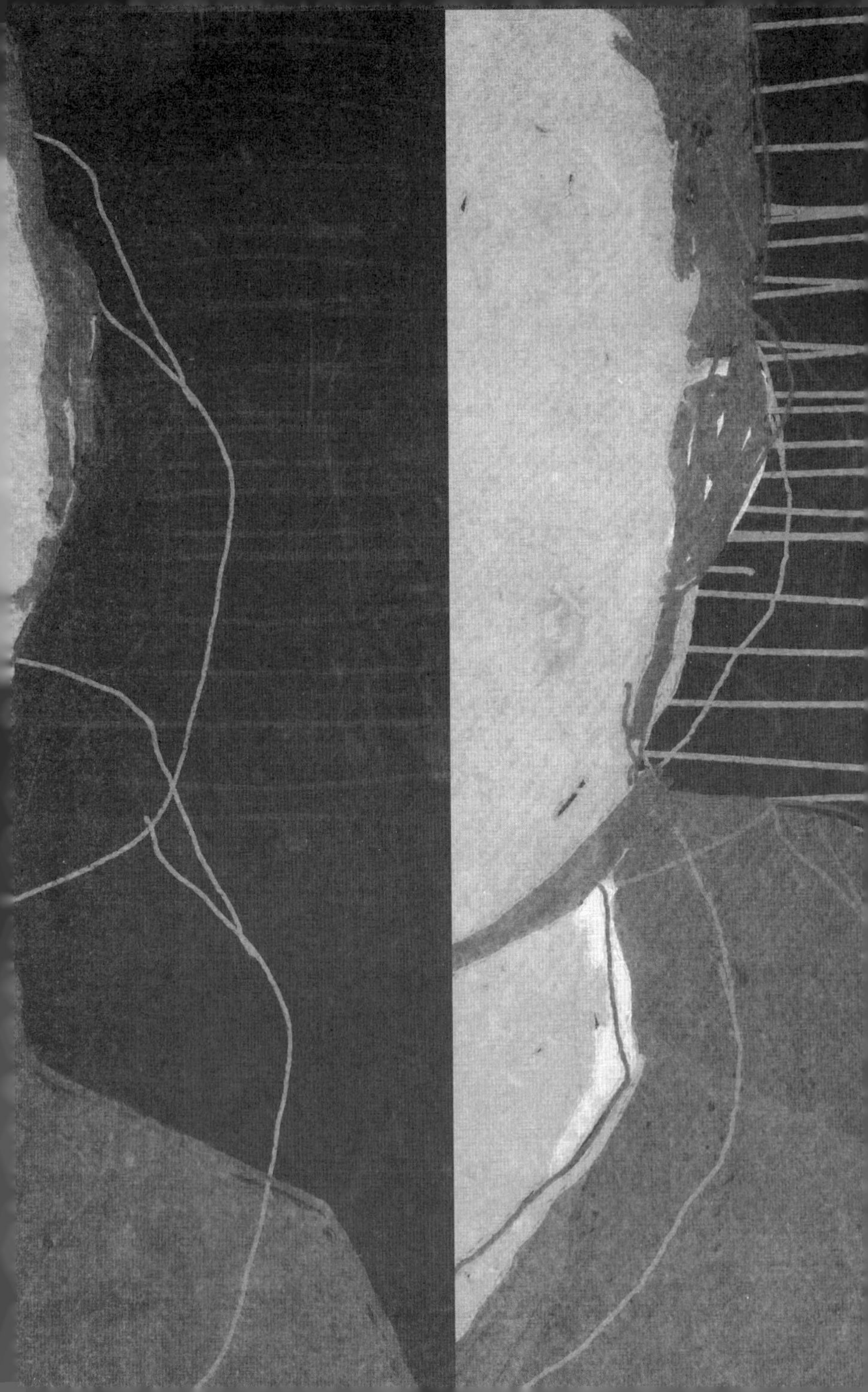

A notícia de que Lucas está curado me pega de surpresa. Quando Linda me informa é com estranheza que ouço. E cai sobre mim uma sensação esquisita, de culpa por não ter acompanhado o processo mais de perto, com maior presença.

— O tumor sumiu, a quimioterapia funcionou, a medicina aqui da Finlândia é mesmo eficiente — exulta minha mulher.

Ouço calado, com a emoção desejando transbordar por todos os poros. Por muitas razões. Desligo sorrindo, mandando beijos, falando de minha alegria. Há muito a ser comemorado. Meu filho nasceu novamente.

Mas, no vazio do quarto em que meu pai trabalhava e onde agora praticamente vivo, uma grande e inexplicável tristeza me toma. Enorme vergonha. Não consegui estar naquele mundo gelado, acompanhar a luta do meu menino ao vivo. Talvez por covardia, desânimo, sou mesmo sujeito lamentável. Usei a pandemia como justificativa, jamais tentei pegar um avião e me colocar à disposição. Os aeroportos estavam fechados, precisava cuidar de mamãe. A gente ouve falar em pai presente o tempo todo, faz discurso, critica, fala como se fôssemos perfeitos, exemplos de dedicação. Mas assim como o meu foi insuficiente nesse quesito, exibi, como tantas vezes os filhos repetem, os mesmos defeitos, a exata distância que no fundo é emocional. Não fui capaz de oferecer meu ombro ao meu garoto e agora, aqui protegido, vizinho ao colo de minha mãe, percebo a dimensão de minha infantilidade. Deixei nas mãos de minha mulher toda a força necessária. Não fui capaz de dividir, ser parceiro, pai, homem. Triste figura! Busco internamente justificativas, me deito, enfio a cara no travesseiro. Impossível para mim ver Lucas fragilizado, ameaçado, com o pescoço na guilhotina. Acompanhar de perto o desespero de Linda, toda a aflição de mãe, seria devastador. No final eu seria mais um a ser cuidado, não iria oferecer o apoio necessário. Tudo desculpa! Fui comodista como costumo ser. E me utilizei da enorme habilidade que possuo de me defender do mundo exterior, e permanecer enclausurado dentro de mim mesmo. A mais exata tradução de meu egoísmo. No fundo, e como é horrível perceber isso, só me preocupo comigo mesmo. Com meu bem-estar e conforto. E então, com a porta aberta e sem o menor pudor, choro todo o meu percurso nessa situação tão difícil e triste. Lamentando não ter sido capaz de mostra o amor que sinto. Por Lucas, por Linda, por nossa família. Consciente de que muitas vezes deixamos passar na vida oportunidades que não voltarão. Nunca mais serei o pai e o marido que deveria ter sido. Espero, de todo coração, que Lucas e Linda me perdoem. Até porque não me perdoarei.

*

Ligo para tratar de detalhes sobre a exposição de Ludmila. Começam a falar em vacinação, meu otimismo faz crer que logo circularemos com maior liberdade, poderemos exibir o talento da pintora russa na galeria do meu amigo. Meus textos estão prontos, cada tela terá o acompanhamento de uma análise sobre a arte mostrada. Atende-me Vladimir. Ouço, alarmado, a notícia de que a mãe dele foi internada no Hospital Itaquera. Contraiu a doença e está entubada. Sinto o filho devastado. Não consegue entender o que aconteceu. Sempre foram cuidadosos, protegeram-se, usaram máscara, quase nunca saíram de casa. Ele mesmo está trabalhando online e não pegou o vírus. Como a mãe teria se contaminado? Tento elevar-lhe o astral. Ludmila, apesar de idosa, tem saúde, vontade de viver, sairá dessa.

Vladimir ouve com interesse os preparativos para a exposição. Falo de meus planos, cito cada obra pintada. Ele impressiona-se com meu trabalho, mostra-se agradecido.

Desligo sem perguntar se poderia fazer alguma visita. Não posso correr o risco de expor mamãe. Mas no fundo, é duro e difícil aceitar o fato, o maior medo é por mim mesmo. Tenho medo de morrer.

*

Não tenho fé. Entretanto, ser ateu para mim é uma condenação. Adoraria acreditar em alguma força superior, crer em vidas posteriores. Aceitaria de bom grado a existência de uma divindade. Contudo, e considero estar aí o maior problema, não fui educado para ser religioso. A gente é treinado desde criança para aceitar Jesus, Buda, Krishna, seja qual for o salvador. Em minha casa, no berço de minha formação, todos eram céticos, nunca vi ninguém rezar ou se benzer. Não me aproximaram do sagrado. Nunca! Cresci aceitando que a vida era uma só, e que nada haveria no final do caminho. Gente como eu deveria viver melhor do que os outros. Afinal, há um tempo único e devemos utilizá-lo bem, ser felizes, éticos, aproveitar ao máximo o percurso que é único. Não precisamos prestar contas de nada depois. Não há céu, nem inferno. Sem espíritos, almas, pecados, sobrariam apenas a Natureza, a beleza da vida, o amor, o próprio ser humano. Mas a realidade é muito crua. O tempo todo somos colocados diante de injustiças duras demais. Sobram perguntas. Uma delas, a que sempre fiz a mim mesmo, era relativa aos privilégios. Qual o motivo do mundo me ser tão favorável e, ao mesmo tempo, tão cruel com outros viventes? Por que a fome, o frio e a miséria corroíam tantas existências e passavam ao largo de mim? Que diabo de loteria seria essa?

Caso acreditasse em Deus, aceitaria um futuro melhor no final das contas para os menos favorecidos, quando todos fôssemos julgados por nossas atitudes em um mesmo tribunal. Este final tão absoluto e apavorador inexistiria. A vida como um tempo de benefícios para alguns e provações para outros perderia o sentido. Até porque ser como sou, cercado de comodidades, me envergonha. Olho toda a poeira da calçada com imenso sentimento de culpa. Se o Todo Poderoso existisse, eu lhe diria algumas verdades, nos estranharíamos em um primeiro momento, mas eu seria mais feliz.

*

Linda liga avisando que vai voltar. Pretende chegar no começo do próximo mês. Pede que providencie passagem e prepare sua volta. Mais um mês e terei minha vida de volta.

Mamãe fica feliz por mim. Sabe que foi um tempo difícil, infeliz. Comemora a recuperação do neto e a volta da nora. Diz mansamente que sentirá minha falta. De um jeito carinhoso, sem cobrança. Afirma mais uma vez ser fácil viver comigo. Estará sempre ali por mim. O mais interessante é que sob o seu ponto de vista foi ela quem cuidou de mim na ausência de Linda. Até certo ponto tem razão. Enfrentar o pesadelo dos meses que se passaram foi mais fácil ao seu lado.

Converso com minha irmã. Com minha volta para casa, alguém precisará assumir mamãe. Ela se dispõe. Como meu cunhado e minha sobrinha mais velha são médicos, e ela está sempre em contato com eles, arriscando-se no cotidiano a contaminar-se, cumprirá junto com minha sobrinha mais nova, estudante de Direito, quarentena. E então as duas irão me substituir.

Impressionante os sobressaltos. A vida anda realmente muito difícil.

A falta de agilidade governamental no campo da saúde, bem como a politização da cura ao colocar todas as fichas em um remédio comprovadamente ineficiente, a cloroquina, coloca a população ainda mais em risco. Gente morre aos milhares, verdadeiro genocídio. E a tão esperada vacina, única forma eficiente de se enfrentar o vírus, não chega. Está demasiadamente atrasada. A extrema direita que assumiu o país se mostra completa e totalmente contra a ciência. E não há o que me faça entender a razão para um posicionamento antivax.

*

Vladimir liga. Atendo e a voz é chorosa. Ludmila não resistiu. A pandemia fez mais uma vítima. Emudeço ante a força dos fatos. Gaguejo. Não consigo dizer nada que preste. Se é que há alguma coisa a ser dita. Não haverá velório, enterro, qualquer cerimônia. Pede-me aos prantos que mantenha a exposição. Será agora uma homenagem à mãe quando a epidemia ceder. Prometo manter-me fiel à ideia original. Ludmila Karpov, a dona do meu quadro encontrado na calçada, será reverenciada.

Na penumbra do meu quarto na casa de minha mãe, sentado na cama que em breve deixarei, eu escureço. Amargo a injustiça da partida de uma artista que não conseguiu ser conhecida. E me pergunto para que serve a arte sem tal notoriedade. Qual a finalidade do intérprete de uma beleza que ninguém vê, lê, desfruta? E ali, completamente solitário, triste, preenchido por amargura esmagadora, totalmente, tenho dificuldade em respirar. Pânico. A vida não me entra totalmente pelas narinas. Puxo o ar e ele se esquiva, não me abastece os pulmões. Localizo na mezinha de cabeceira o calmante. Tomo algumas gotas. Tento pensar em outra coisa, deixar de lado a morte que chegou pelo telefone. Penso nos meus textos e as palavras parecem rir de mim. Também estou condenado ao esquecimento. Eu que nunca escrevi um romance, talvez nem seja escritor de fato. Apenas um reles contador de historinhas infantis. Aos poucos vou me recuperando. Mergulho em um grande vazio onde ficção e realidade misturam-se. Recosto-me na cabeceira, jogo longe os sapatos. Esqueço de mim. Durmo.

*

Os gatos aproximam-se curiosos. Mateus já apareceu, cumprimentou-me, voltou para o seu quarto. Passa os dias lá trancado. Foge de qualquer contato mais próximo. Por quê?

Miau e Beca estão mais magros. Os meses sem Linda parecem pesar na existência deles. Agem como se estivessem ressentidos, têm dificuldade em perdoar ausência tão devastadora. O tempo sendo alimentados pelo zelador, a mais recente chegada de meu filho mais novo. O apartamento fechado e desalmado. Talvez sintam falta de carinho. Aliás, é a grande questão do momento. Todos estamos carentes.

Beca rapidamente se afasta. Se já não era afeita a aproximações, agora parece ainda mais selvagem. Corre para a lavanderia onde está o seu pano de dormir. Sentado no sofá da sala observo Miau. Estático. Ele me olha com o mesmo jeito pidão de sempre. Chamo o bichano. Ele vem lentamente, desconfiado, pronto para escapar a qualquer indelicadeza minha. Chega até meus pés e para me encarando. Insisto para que suba em meu colo. Ele cede, se arrisca. Encolhe-se, ronrona enrodilhado no calor do meu corpo. Está gelado, faz frio. Faço carinho em sua cabeça e percebo seu focinho úmido e gelado. Sinto enorme vontade de chorar. Ao assumir ali aquele gato, tomar consciência de que talvez ele não viva muito mais, espio talvez alguns pecados.

*

Há um quadro na parede do meu escritório. Passo a mão nele e percebo que está um pouco empoeirado. Vou buscar o espanador. Volto. Limpo a mesa, a fruteira, bananas, abacaxis, maçãs. Deixo a natureza morta em ordem. Sentado em minha poltrona de leitura observo a obra. Nada há nas paredes de meu apartamento capaz de me comover tanto. A força dos versos de Vinícius de Moraes, no *Samba da Benção,* surge do nada:

A vida é a arte do encontro
embora haja tanto desencontro pela vida.
Sua bênção, Ludmila Karpov.

*

No aeroporto Linda corre para abraçar Mateus. Observo os dois. Os filhos sempre em primeiro lugar. Depois ela me olha. Ambos temos os olhos úmidos. E nos estreitamos emocionados depois de tanto tempo. Posso sentir nossos corações disparados.

Você pensa em mim eu penso em você.